# 믿을 수 있을 만큼의 진실

# 믿을 수 있을 만큼의 진실

김유나
소설집

창비

# 차례

# 이름 없는 마음

예정대로라면 현권과의 일정은 하루로 끝나야 했다. 오전에 Y시에서 짐을 꾸려 올라온 현권을 터미널에서 픽업해 K시로 넘어간다. 부동산에 가서 미리 봐뒀던 매물들을 확인한 다음 괜찮은 방 하나를 계약하고 간단히 점심을 먹고 당일 입주를 준비한다. 셋이서 집을 한바탕 청소하고, 짐들을 풀어 정리하고, 현권이 자잘한 소품들을 세팅할 동안 나와 남편은 마트로 가서 당장 필요한 생필품과 식자재를 사서 넣어주면 할 일은 끝. 누운 채로 계획을 말했을 때 남편은 핸드폰에 시선을 고정한 채 "그래" 하고 간단히 대답했다. 대단한 의견을 바란 건 아니었지만 내 나름대로 최대한 남편을 귀찮게 하지 않으려 머리를 굴려 정리했는데, 돌아온 대답이 너무 성의 없는 것 같아 서운해졌다.

"혹시 귀찮아?"

남편은 그제야 핸드폰을 내려놓고 눈을 마주쳤다.

"아니…… 애초에 내 의견이 중요한가 싶어서."

"무슨 말이야 그게. 내가 일방적이라는 거야?"

"그게 아니라" 하고 남편은 몸을 일으켰다.

"내 마음 편하자고 하는 짓이라 이거지?"

남편은 고개를 저었다. 그러곤 네 마음대로 해야 내 마음도 편한 거라고, 오늘 일이 많아서 피곤했던 거고 좋은 계획이니만큼 그냥 따르겠다는 뜻이지 불만을 품고 던진 말이 아니라고 했다.

얼마 전, 우리 부부는 아이를 갖기로 했다. 일반적인 부부들이 하는 노력으로는 임신이 쉽지 않다는 걸 알게 된 지는 꽤 되었다. 두 사람 몫의 가벼운 삶. '탓'이니 '책임'이니 하는 것 없이 먹고 마시고 싸우고, 마음만 먹으면 어딘가로 훌쩍 떠났다 돌아올 수도, 돌아오지 않을 수도 있는 삶에 우리는 만족하기로 했다. 그래서 지난 몇년간 '니들은 조심해 — 우린 안전해, 우린 안전해'라는 노랫말에 '난임송'이라는 제목을 붙여 부르며 자조하다가, 시어머니가 돌아가시면서부터 차츰 아이 문제에 대해 진지해졌다. 병원에서 배란 유도주사 맞는 법을 배우던 날, 이제 방학은 끝났다는 생각이 들었고 나는 남편에게 마음의 짐을 하나 덜고 싶다고 말했다.

세살 터울의 남동생 현권은 Y시에 있는 취업전문학교에 등록하고 한 학기를 겨우겨우 다니다가 때려치운 뒤 연고도 없는 그곳에 눌러살며 몇년째 일을 했다. 무슨 일을 하냐고 물으면 어느 날엔 프랜차이즈 뷔페 주방 보조였다가, 또 조금 지나면 라이더 일을 한다고 했고, 최근엔 핸드폰 안테나 공장에서 일하는 중이라고 했다. 어디에서 뭘 하건 현권은 내게 종종 돈을 빌렸다. 월세를 못 내서, 병원을 가야 해서, 내일이 월급인데 교통비가 떨어져서 같은 다양한 이유를 들면서. 나는 그때마다 추궁하지 않고 돈을 보내주었고, 현권의 이름으로 주택청약 통장을 하나 만들어 매달 5만원씩 넣어두었다. 그렇게라도 내가 녀석을 챙기고 있다고 생각하고 싶었고, 결혼한 뒤로 자주 만나지 못한 것에 대한 미안함과 현권을 타지에 버려둔 것 같다는 불편함을 덜어내고 싶었다. 그렇다고 현권을 매번 챙길 자신은 없었기에 나 자신과의 타협점이라고 찾은 것이 현권을 20분 거리의 K시로 데리고 와 전셋집을 얻어주는 것이다. 내일 터미널에서 현권을 만나 K시의 투룸으로 토스한다. 이곳으로 온 현권을 저곳으로 보내는 사이, 남편과 현권은 되도록 오랜 시간 함께하게 두지 않는다. 그리고 현권이 준희씨와 헤어졌는지 주시한다. 이것이 내일 하루 나의 계획이었다.

*

토요일 낮, 출구가 하나뿐인 버스터미널 앞은 사람들로 붐볐지만 인파 속에서 내가 현권을 찾은 건 금방이었다. 현권은 자신을 과시하듯 눈이 아플 정도로 선명한 빨간색 패딩 점퍼를 입고 터미널 앞에 삐딱하게 서 있었다. 머리칼은 와인색으로 물들인데다 하얀색 면바지를 입어 무시하려야 무시할 수 없는 모습이었다. 바로 어제까지 야간 근무를 했다는 현권은 까칠한 얼굴을 한 채 담배를 입에 물고 불을 붙였다. 그러곤 차창을 내린 나를 뒤늦게 발견하고 장초를 발로 밟아 껐다. 현권은 내게 손을 흔들며 주머니에서 뭔가를 꺼내 옷에 뿌리기 시작했다. 향수인가? 쟤가 향수를 뿌릴 줄도 아는 인간이었나? 남편이 현권의 짐을 실으라며 트렁크 문을 열어주었고, 차에서 내린 나는 현권에게로 걸어갔다. 막 열린 공항 게이트에서 캐리어를 끌고 나타난 사람이 마중 나온 이에게 하는 그것처럼, 현권은 팔을 넓게 벌려 나를 안아주었다. 퀴퀴한 담배 냄새와 향나무 냄새 비슷한 것이 섞여 났다. 나도 현권의 등을 토닥였다. 키도 껑충하니 큰 녀석이 뼈밖에 남지 않아 꼭 점퍼로 둘러놓은 들판의 허수아비 같았다. 언제 봐도 짠한 모습 그대로라, 남편이 차에서 보고 있지 않았다면 눈물이 나왔을지도 몰랐다. 아침에 일어나 청소도구를 챙길 때까지만 해도 괜한 일을 하는 건가 싶었는데, 소매에 때가 낀 옷을 입고 있는 현권을 보니 잘한 결정이라는 생각이 들었다. 왜 이렇게 말랐느냐고 하자 현권은 내 얼굴을 뜯어보며 으레 그렇듯 감정도 고저도 없는 톤으로 말했다.

"누나는 살이 많이 쪘다. 코가 볼에 파묻혔네."

현권이 저런 식으로 하는 말은 절대로 기분이 나쁘라고 하는 말이나 장난이 아니라 그냥 보고 느낀 그대로를 이야기하는 거였다.

"너, 짐은?"

"내가 들 수 있어."

현권이 여유로운 표정으로 길쭉한 쇼핑백 하나를 들어 보였다.

"그 집에서 짐 뺀 거 아냐?"

"맞아."

"이게 다는 아닐 거 아냐."

"단데?"

"여름옷이랑 겨울 외투랑 여기 다 들어 있다고? 냄비, 전자레인지, 뭐 그런 것도 없어?"

말이 빨라지자 나를 흘긋 쳐다본 현권의 얼굴이 순간 어두워지더니, 눈을 깜빡거리기 시작했다. 나는 내 미간에 주름이 잡힌 것을 인지하고 표정을 온화하게 한 다음 천천히 다시 물었다.

"어쨌든 이게 다라는 거지?"

"아, 어. 미안 미안."

눈을 깜빡이는 횟수가 잦아지며 말을 더듬기 시작하는 건 당혹스러울 때 심해지는 현권의 습관이었다. 어렸을 때부터 그랬는데, 거짓말을 하고 있기 때문에 말을 더듬는 거라고 생각한 아버지는 현권을 자주 벌세웠다. 현권은 미안하다고 말하며 구레나룻을 만졌다.

"아니야. 옷은 새로 사면 되지."

일단은 그렇게 말하고 현권의 쇼핑백을 들었다. 물어보고 싶은 게 많았지만 당부가 먼저 나왔다.

"현권아, 매형 앞에서 쓸데없는 말이나 옛날이야기는

하지 마. 알았지?"

"응."

현권의 단순한 대꾸에 나는 불안해졌다.

"우리 가족에 대한 이야기나, 내가 돈 보내준 거나, 특히…… 준희씨에 대한 이야기는 우리 둘만 있을 때 하는 거야. 알지?"

"어."

무슨 말을 해도 알아들은 건지 못 알아들은 건지 알 수 없었던 현권의 표정이, 준희씨 이름이 나오자 티가 나게 찌푸려졌다. 현권은 왜 자꾸 같은 말을 하게 하느냐며 나를 앞서 차 쪽으로 걸어갔다. 현권이 뒷좌석에, 내가 조수석에 오르자 남편이 짐이 저게 다냐고 물어서 내가 대신 대답했다. "택배로 올 거래." 남편은 주소를 어떻게 알고 택배를 보낸다는 거냐고 물었지만, 내가 주차단속 차가 오고 있다고 말하자 더는 묻지 않고 출발했다. K시로 가는 동안 현권은 조용했다. 자기가 살게 될 K시에 대해서나, 오랜만에 만난 누나와 매형의 안부에 대해 아무것도 궁금한 것이 없는지 입을 꾹 닫고 한마디도 하지 않았다. 내가 말하지 말라고 너무 다그쳐서 그런가, 걱정하던 차에 "이야……" 하는 소리가 들려 돌아보니 현권은 차

내부의 번쩍거리는 파란 조명을 지그시 누른 채 손끝으로 따라가고 있었다.

"매형, 차가 좋네요."

"응, 다 빚이지 뭐."

"차가 얼만데요?"

"8천 정도……?"

현권은 남편의 말에 "오올—" 하고 놀리듯이 웃으며 집게손가락과 새끼손가락을 치켜들고 "플렉스!" 하고 외쳤다. 덕분에 좌회전 차로 진입을 놓친 남편이 "어……" 하고 말을 끌었고, 현권은 상대방의 당황한 기색을 역시나 살피지 않은 채 자기 말을 이어나갔다.

"근데 차는 좀 튀는 색이 멋있는 것 같은데."

"그래? 그러고 보니까 처남 점퍼 색도 그렇고."

"네. 옷 살 때 원픽이 레드예요."

남편이 나와 흘깃 눈을 마주치곤 고개를 끄덕였다. '이런 상황이 바로 네가 말한 그런 상황'임을 알아차렸다는 신호 같았다. 남편에게 언질을 줬었다. 현권과 말을 섞다 보면 은근하게 당황하는 때가 있을 수 있으니 그냥 미리 알고 있으라고.

"아아 레드. 빨강을 좋아한다고?"

“네. 영어로 레드죠. 그걸 생각해야 아세요?”

남편은 당황 다음에 곧바로 더 큰 당황이 찾아올 줄은 몰랐는지 무안해진 얼굴로 정면을 바라보고 운전하기 시작했다.

“현권이가 악의가 있어서 그런 게 아니라, 좀 직설적으로 말하는 편이야.”

현권이 운전석과 조수석 사이로 얼굴을 들이밀고 물었다.

“나 뭐 실수했어?”

“아니야. 솔직한 게 좋지. 나는 무조건 솔직한 게 좋아.”

남편이 나를 보며 비꼬듯이 말했다. 신혼 때 담배를 피우다 들킨 일을 두고 말하는 거였다. 남편은 아직까지도 누군가와 조금만 편해지면 그 이야기를 꺼내려 들었다. 끊은 지가 언젠데 티브이에서 금연 공익광고만 나오면 나를 물끄러미 바라보는 것도 더불어서. 스물아홉살인 현권을 막 초등학교에 들어간 아이처럼 대하며 대화 아닌 대화가 이어졌다. 남편은 별거 아닌 말에도 크게 웃어주었고, 잘 들리지 않는 말은 다시 물어가며 과한 리액션을 덧붙였다. 그걸 지켜보는 내내 기분이 썩 좋진 않았다. 현권을 만난 사람들은 대부분 몇마디 대화를 나눈 뒤부터 현권을 아이처럼 대했다. 그마저도 마음이 넓은 사람의 경우였지만. 현권은 시트를 조정하는 오토키를 누르면서 편한 자세를 찾느라 남편과 대화를 길게 이어가진 않았다. 어느 순간 뒷좌석이 조용해서 돌아보자 현권은 입을 벌린 채 잠들어 있었다.

부동산에 전화를 걸었을 때까지만 해도 이 동네 투룸 전세는 대부분 당일 계약이 가능하다고 했다. 하지만 화장실에도 창문이 있어 현권이 마음에 들어한 집을 계약하려고 보니 집주인이 제주도에 여행을 가 있다고 했다. 부동산 중개인은 계약서를 쓰기 전에 미리 집에서 지내는 것도, 짐만 들이는 것도 모두 안 된다고 했다. 집주인이 이틀 뒤 저녁 비행기로 온다고 하니 그때 계약서를 쓰기로 하고 계약금을 이체한 다음 부동산을 나섰다.

붕 떠버린 우리는 이른 점심을 먹기로 했다. 이왕 나와서 먹는 김에 맛있는 곳을 찾아가 식사하고 싶었지만 이른 아침부터 이 집 저 집 돌아다니는 바람에 세 사람 다 배가 너무 고파 뭘 고를 정신이 아닌지라, 중개인에게 추천받은 바로 옆 골목의 오리백숙집으로 들어갔다. '온가족 세트'를 시킨 다음 밥이 나오길 기다리는 동안 현권이

자리를 비웠고, 나는 남편의 컵에 물을 따라주며 말했다.

"힘들지."

"아니? 재밌는데?"

남편은 집들을 둘러보고 계약금을 던지는 순간까지 내가 나설 틈도 주지 않고 제집 고르듯 꼼꼼히 살피고 따져주었다.

"전에 사고 싶다고 했던 바지 뭐였지?"

눈빛이 밝아진 남편이 경계 어린 목소리로 답했다.

"트라마로사. 왜?"

"그거 사."

"왜?"

"그냥 사. 사게 해줄게."

됐다며 손사래 치는 남편의 얼굴이 발그레하게 달아올랐다. 조금 전 부동산에서 일정이 어그러졌을 때, 남편이 흔쾌히 현권에게 "그럼 이틀은 우리 집에서 지내면 되겠다"라고 한 것이 내심 고마웠다. 집 안의 질서와 청결에 집착하는 남편은 친구들은 물론 시댁 식구들이 하루 머물다 가는 것에도 예민하게 반응했다. 사람들이 빠져나간 집 안을 온종일 들쑤시고 다니며 닦아댔고, 다섯살짜리 조카가 망가뜨리고 간 마블 피규어를 하루 종일 고치다가 폭발하듯 화를 낸 적도 있었다.

"장인어른이 현권이 전세금 보내주셨어?"

"응, 진즉 보내줬지."

남편에겐 현권의 전세보증금을 아버지가 해주는 거라고 거짓말했다. 아버지와는 간간이 안부를 묻는 것 외에는 일절 연락하지 않고 있었다. 아버지가 내게 돈을 빌려간 건 2년 전이었다. 건설 일을 하는 아버지는 자재 대금이 부족하다는 명목으로 돈을 빌려 주식을 샀다가 빈털털이가 되었다. 사실을 알게 된 내게 아버지는 큰소리쳤다. 혼자 개고생 하며 널 키웠는데, 결혼까지 시켰는데, 방귀한번 뀌면 생기는 그 돈을 안 갚을까봐 애비를 추궁하느냐고 했다.

남편은 마침 나온 오리백숙에 불을 올리고 국자로 국물을 떠 야채를 적시기 시작했다. 화장실에서 돌아온 현권이 환해진 얼굴로 "와이파이 비번 필요하신 분?"이라고 물으며 방석 위에 풀썩 주저앉았다. 현권은 내가 수저를 놓고 직원이 날라다 준 반찬을 받아 테이블에 놓는 내내 핸드폰만 들여다보았다. 이럴 땐 눈치라는 것도 돈을 주고 살 수 있으면 얼마나 좋을까 하는 생각이 들었다.

부모도 아니건만, 보살펴야 한다는 생각 때문인지 함

께 버려졌다는 생각 때문인지 어려서부터 나는 현권의 행동에 자주 노심초사했다. 현권은 보통 사람들의 기준으로 멀쩡한 구석이 그다지 많지 않은 아이였다. 약시로 태어난 왼쪽 눈은 이십대 초반에 이미 시력이 측정 불가능한 수준이었고, '틱'이라는 말을 내가 알기 훨씬 전부터 눈을 빠르게 깜빡이며 말을 더듬는 증상이 있었다. 초등학교 입학 이래로 학창시절 내내 심각한 학습부진아 판정을 받았다. 늦된 아이, 늘 저만치 뒤에 있는 아이, 친구 한명 제대로 사귀지 못하는 아이. 현권의 담임선생님이 아버지에게 전화를 걸어 소아정신과 치료를 권유했지만, 아버지는 버럭 화를 내며 내 아들이 그럴 리 없다는 말로 무시했다. 겨우 세살 위인 내가 새 학기가 시작될 때마다 교무실로 달려가 현권의 담임선생님을 찾았고, 드라마에서 봤던 학부형을 연기하듯 어린아이답지 않은 말투로 현권에 대해 설명했다. 눈이 안 좋아서 앞자리에 앉아야 하고요, 자꾸 딴짓을 하는데 너무 혼을 내면 학교에 안 가려고 하니 이해 좀 부탁드려요. 알림장을 잘 쓰는지 살펴주세요. 현권의 초등학교 3학년 담임선생님에게 "얘, 너나 잘해"라는 말을 들은 것이 내겐 아직까지도 수치스러운 기억으로 남아 있다. 아버지는 자주 집을 비웠고, 가끔씩 와서는 현권이 똑똑한 아이인데 집중력이 부족한 것이 문제라며 권투를 시켰다. 어린 시절 현권의 실내화를 빨다가 못된 녀석 하나가 하얀 실내화 앞코에 '병신ㅗ'이라고 써놓은 낙서를 보곤 울었던 기억. 현권이 선생님에게 억울하게 혼나고 왔을 때도, 거지라고 놀림을 받았을 때도 씩씩하게 굴었던 내가 그 낙서 하나에 와르르 무너져 울어버렸던 기억이 떠올랐다. 그러거나 말거나 현권은 남편이 접시에 놓아준 오리 다리를 뜯으며 콜라를 주문했다.

*

작은방에 현권의 이부자리를 펴주었다. 현권은 아파트 입구에서 내게 잠시 할 말이 있다고 남편을 먼저 올려보내더니 핸드폰 요금 이야기를 꺼냈다. 밀린 요금 250만원을 내주기로 한 것은 미리 약속한 부분이었지만, 막상 이체하려고 하니 준희씨 생각에 부아가 치밀었다. 나는 현권의 핸드폰을 빼앗아 준희씨의 번호가 지워졌는지 확인했고, 당장 월요일에 번호를 바꿀 것을 약속받은 뒤 요금을 이체해주었다. 안색이 어두워진 현권과 함께 집으로 돌아온 다음에는 쇼핑백에서 현권의 짐을 풀어 수납 박스에 정리했다. 옷을 정리하며 보니 작년에 따로 만났을 때 사준 옷은 한벌도 없고 마크 없는 오래된 옷들만 있기에 사줬던 옷들은 다 어디에 있냐고 물었더니 준희씨가 내다 팔았다는 답이 돌아왔다. 내다 팔다니 어디에 내다 판 거냐는 물음에 현권은 당근마켓, 하고 심상하게 대꾸했다.

"너 준희씨한테 뭐라고 하고 헤어졌어?"

현권이 눈을 여러번 깜빡이더니 뭘 그런 것까지 물어보냐며 짜증냈다.

준희씨는 현권과 2년가량 연애한 일곱살 연상의 여자였다. 직업이 '유튜브 크리에이터'라고 해서 그게 정확히 뭐 하는 일이냐고 물으니 인터넷 방송으로 소통하며 돈을 번다는 말에 한번 놀랐고, 그걸로 버는 월수입이 5만원 정도라는 말에 또 놀랐다. 일은 전혀 안 하느냐는 질문에 그게 일이야,라고 대답한 현권은 인스타그램으로 공동구매를 진행해 도매가 1,200원에 떼어 온 립스틱을 케이스만 바꿔 38,000원에 팔기도 한다고 덧붙였다. 고정지출비는 현권이 버는 200 조금 안 되는 돈으로 해결한다고 했다. 이런저런 사이트를 검색해 유튜브에서 준희씨가 운영 중인 '쥬니튜브' 채널을 알게 됐고, 거기서 준희씨가 햄버거를 양옆에 족히 스무개씩은 쌓아놓고 말도 없이 꾸역꾸역 먹고 있는 동영상을 보았다. 저렇게 맛없게 억지로 먹는 먹방은 나로서도 처음이었다. 괴롭다. 그게 준희씨에 대한 나의 첫번째 인상이었다. 그러면 안 된다는 걸 알지만, 아니 실은 모르지만, 나는 현권에게 준희씨와 헤어지라고 여러번 말했다. 현권도 현재 자신의 삶이 건설적이지 않으며 두 사람의 만남엔 미래가 없다는 내 말을 인정했지만 준희씨와 헤어지지는 않았다. 준희씨와 정리하고 K시로 오라고 했을 때, 현권은 내게 밀린 방세와 핸드폰 요금만 벌어놓고 가겠다고 대답했다. 네가 오지 못하는 이유가 오로지 그것 때문이라면 내가 전부 해결해주겠다고 말했다. 우리 집에서 차로 20분 정도 떨어진 K시로 와서 다시 시작하라고. 전셋집을 얻어줄 테니 너는 공과금만 내면 되고, 파트타임으로 일하면서 생활비를 충당하고, 남는 시간엔 국비 지원으로 학원을 다니거나 운동을 하면서 '정말 하고 싶은 일'에 대해 생각해보면 되지 않겠느냐고. 이런저런 핑계를 대던 현권은 전셋집이란 말에 조금 흔들린 것 같았고, 잔업을 하고 집에 돌아가는 길이라며 내게 보이스톡을 걸어서는 가라앉은 목소리로 "누나가 매일 집에 찾아오는 건 아니지?" 하고 물었다. 그렇게 현권은 여기 오게 된 거였다.

저녁으로 피자를 시키고 식탁에 둘러앉아 맥주를 꺼냈다. 남편과 현권이 피자를 먹으며 드문드문 대화를 이어가는 가운데 소외되는 건 오히려 나였다. 두 사람의 대화는 맛있는 프랜차이즈 피자집에 대한 심심하고 그저 그런 토론으로 이어졌지만 현권의 입에서 실수로라도 어떤 말들이 튀어나올까봐 초조했다. 피자가 오기를 기다리던 중에 현권은 시댁 식구들과 찍은 가족사진 속 큰 시누이를 가리키며 '완전 내 스타일'이라고 말해 나와 남편을 당황스럽게 했고, 같은 동네에 살던 나의 전 남자친구를 오늘 터미널에서 본 것 같다는 이야기를 꺼내 울지도 웃지도 못하게 만들었다. 내가 피곤하다는 말을 반복하면서 자리를 정리하려고 하는 게 느껴졌는지, 남편은 현권이 담배를 피우기 위해 자리를 비운 사이 나에게 말했다.

"너, 처남을 너무 걱정하는 것 같아."

"내가?"

"처남이 말할 때마다 대신 설명하려고 하고, 먹는 속도도 체크하고."

"네가 현권이 말을 혹시라도 오해할까봐 그러지."

나는 대수롭지 않게 말하려 애쓰며 접시에 놓인 땅콩

을 집어 먹었다.

"에이, 오해할 게 뭐가 있어"라고 말한 남편이 몸을 앞으로 기울이며 "근데 있잖아" 하고 말을 꺼냈다.

"백숙집 나와서 내가 편의점 갔을 때, 처남이 따라 들어왔잖아. 뭐 먹고 싶은 거 있으면 고르라고 했더니 담배를 한 보루나 샀어."

나는 이마를 짚었다.

"걔가 그래. 나쁜 의도로 그런 건 아니야."

"알지 알지. 애는 착한데 사회성이 좀 부족하긴 한 것 같아."

남편은 고삐 풀린 듯 오늘 하루 보고 느낀 현권에 대한 감상을 풀어놓기 시작했다. 말미에는 걱정이 된다고 했지만 올라간 입꼬리를 보니 슬그머니 짜증이 일었다. 그때 현관문 열리는 소리가 들리며 현권이 돌아왔다. 그러고는 피자를 더 시켜야겠다고, 아직 배가 덜 찼다며 환하게 미소 지었다. 먹겠다는 걸 말릴 수는 없어 피자를 한판 더 시켜준 뒤 남편과 나는 먼저 눕겠다고 말했다. 현권은 고개만 까딱거리곤 냉장고에서 캔맥주를 꺼내더니 시원하게 마시고 길게 트림했다. 준희씨의 모습이 떠올랐다. 괴로웠다. 누군가가 먹는 모습을 보는 게 왜 이리도 괴로운

지 모를 일이었다.

*

다음 날 현권과 늦은 점심을 먹고 쇼핑센터로 가 다섯 시간 동안 쉬지 않고 돌아다니며 외투와 속옷, 티셔츠와 바지를 샀다. 현권은 부담이 되는지 멀찍이 떨어져서 가격표를 확인하고 다른 곳으로 가자고 말했다. 신발 매장을 마지막으로 들른 다음 쇼핑백을 한가득 들고 차에 오를 때까지 현권은 핸드폰만 만지작댈 뿐 한번을 웃지 않았다. 나도 말을 하지 않았다. 어제부터 현권을 비난하고 싶은 마음이 불쑥불쑥 솟아서 힘들었다. 현권에겐 무턱대고 화를 내거나 짜증 섞인 투로 말하면 지나치게 주눅 들거나 화를 낼 뿐 달라지는 게 없기에 친절하게 설명해주어야 했다. 하지만…… 설명을 하기에 나는 너무 지쳐 있었다. 근처 식당에서 저녁을 먹고 집 앞에 도착하자 아파트 주변에 짙은 어둠이 깔려 있었다. 지상 주차장에 차를 댄 나는 현권에게 현관 출입카드를 건네고 먼저 올라가라고 말했다.

"누나."

현권 쪽으로 고개를 돌렸다.

"줄 거 있는데…… 아니야. 이따가 줄게."

뭔데 그러느냐고 물어보려는데 현권은 입구에 카드키를 대고 겅중겅중 뛰어 들어갔다. 현권이 엘리베이터를 타고 올라가는 것을 확인한 나는 경비 초소를 따라 테니스장까지 이어지는 샛길을 천천히 걸었다. 주변을 둘러본 다음 담배를 꺼내 불을 붙였다. 현권과 함께 담배를 피우며 가슴속 이야기를 풀어놓는 것을 상상해보았다. 불가능할 것이다. 현권은 전부터 말하지 말라는 것은 반드시 말하곤 했으니까. 말에도 때와 장소가 있다는 걸 전혀 모르는 아이였다. 방금 전 옷가게에서, 나는 상의를 갈아입고 나온 현권의 팔뚝을 잡았다. 반팔 니트를 입은 현권의 팔뚝 안쪽에 길게 긁힌 상처가 보였기 때문이다. 어쩌다 이렇게 됐냐는 물음을 내 표정에서 읽은 현권은 준희씨와 싸우다 긁힌 상처라고 말했다. 내가 점원의 눈치를 살피며 당황하자 현권은 웃으며 큰 소리로 말했다. 걱정하지 말라고, 나도 맞고만 있지는 않았다고. 뭐가 잘못됐는지 모르는 채 당당하게 말하는 현권 때문에 나는 다시금 주변을 살폈고, 곁에 붙어 서 있던 매장 점원이 카운터 쪽으로 멀어졌다.

맞고만 있지 말고 너도 때려줬어야지. 어릴 때 그렇게 혼을 냈던 게 이런 식으로 돌아오는 건가. 그럼 맞고만 있으라고 가르쳤어야 했나. 이런 내가 아이를 낳고 기를 자격이 있을까. 오만가지 생각을 하며 집으로 들어온 나는 샤워를 하고 옷을 갈아입자마자 작은방에 들어가 수납함에 넣어뒀던 현권의 옷들을 전부 쏟아냈다.

"뭐 하게?"

책상 의자에 앉아 핸드폰을 보고 있던 현권이 물었다.

"이 헐어빠진 걸 입고 다니게? 버려야지."

"그냥 둘래."

나는 고개를 들어 현권이 붙잡고 있는 핸드폰을 바라보았다.

"너 준희씨랑 정리 안 했지?"

그 순간, 현권은 도저히 못 참겠다는 듯 의자에서 벌떡 일어났다. 하도 당차게 일어나는 바람에 바퀴 달린 의자가 세게 밀려났고, 밀려난 의자가 선반에 부딪히며 로즈마리 화분이 떨어져 산산조각 났다. 순식간에 벌어진 일에 놀란 현권이 우스꽝스럽게 발을 땅에 디뎠다 들었다 하며 깨진 화분과 흙을 피해 깨끗한 바닥 쪽으로 물러섰다. 현권은 언제 화가 났냐는 듯 주눅 든 얼굴로 내 눈치를 살폈다.

"거기 가만히 있어."

내가 큼직한 화분 조각을 그러모으고 청소기로 작은 도자기 파편과 흙을 빨아들이는 동안 현권은 눈을 끔뻑거리며 가만히 서 있었다.

"미안해. 준희씨랑 헤어지고 내 마음이 좀 그래."

괜찮다고 말해도 현권은 서너번은 더 미안하다고 말했다. 그러곤 옷들을 버려도 된다고 말했다. 애초에 현권의 의사는 필요하지 않다고 생각했기에, 나는 엉덩이 부분이 방충망처럼 닳아버린 현권의 속옷과 시커멓게 때에 전 양말, 하얗다 못해 보랏빛이 도는 싸구려 면바지와 빨간색 솜패딩을 한데 모아 깨진 화분이 담긴 종량제 봉투에 넣었다. 현권은 그 모습을 물끄러미 지켜보았다. 마귀 같은 년. 종량제 봉투를 질끈 묶으며 나는 속으로 준희씨에게 욕을 퍼부었다. 햄버거를 스무개씩 쌓아놓고 먹어대던 비용을 내가 낸 거라고 생각하니 정수리가 뜨거워질 정도로 열불이 솟았다.

"너 정신 좀 차리고 살 수 없어?"

구석에 개켜둔 이부자리에 앉아 나를 건너보던 현권이 고개를 숙였다.

"남이 널 어떻게 볼지 생각 좀 하고 살라고. 준 돈은 다 어디다 썼어. 어디다 쓰고 매형한테 담배를 사달래. 너 거지야?"

잠자코 고개를 숙이고 있던 현권이 고개를 들었다.

"그런 거 아니야……"

그러곤 방금보다 조금 더 큰 소리로 말을 이었다.

"매형이 먼저 살 거 있으면 고르라고 했어. 그래서 고른 거야."

지겹다, 지겨워. 허탈해진 나는 종량제 봉투를 들고 방을 나섰다.

양치하고 침대에 누워 핸드폰을 들었다. K시 부동산 중개인이 '내일 약속 문제없지요?'라는 문자를 보내놓아서, 열한시까지 늦지 않고 가겠다고 답장을 보냈다. 곧바로 '네' 하고 답장이 왔다. 혼자서 조용히 한숨 돌리는 시간이 필요한 하루였기에 마침 남편이 늦어주는 것이 고마울 지경이었다. 침대 중앙에 누워 베개를 벤 채 눈을 감고 숨을 골랐다. 그러다 깜빡 잠이 들었나, 깨어나보니 안방 욕실 문틈으로 빛이 새어 나오는 것이 보였다. 비어 있던 스탠딩 옷걸이에 남편의 점퍼가 걸려 있었다. 안쪽으로 자리를 옮기곤 모로 누워 다시 잠을 청하려는데 욕실에서 나온 남편이 속삭이는 목소리로 물었다.

"화분 왜 깨졌어?"

"그럴 일이 있었어."

"처남이랑 싸웠어?"

나는 바람 빠지듯 웃으며 "어. 열받아서 던졌어" 하고 대꾸했다.

"역시 그랬구나. 그래서 처남도 나간 거야?"

몸을 일으키고 눈살을 찌푸리며 무슨 소리냐고 물었다.

"아까 집에 오는 길에 마주쳤어. 어디 가던데?"

핸드폰으로 시간을 확인하자 새벽 한시가 넘어가고 있었다. 자리에서 일어나 산발이 된 머리를 묶고 침대에서 내려왔다.

"어디서 봤다는 거야?"

"차 타고 언덕 올라오면서 봤지. 빨간 잠바면 처남 맞지?"

"어디 가냐고 물어보지도 않고 그냥 와?"

작은방으로 향하며 슬쩍 바라보니 현관 앞에 두었던 종량제 봉투가 통째로 사라져 있었다. 대리운전이라 세우기가 애매했다고 남편이 웅얼거리는 목소리가 들려왔다. 방은 깨끗했다. 이불은 붙박이장 앞에 개켜져 있었고 매일

메고 다니던 현권의 힙색도 보이지 않았다. 그대로 있는 건 오늘 하루종일 돌아다니며 산 옷들뿐이었다. 쇼핑백째 그대로, 오늘 사자마자 입고 다닌 외투는 다시 택이 달린 채 책상 위에 가지런히 놓여 있었다. 남편이 소리쳤다.

"피씨방이라도 갔겠지. 전화를 해봐!"

텅 빈 방을 둘러보는 와중에도 정말 피씨방에 간 걸 수도 있겠다고 생각하며 안방으로 가 핸드폰을 챙겨 전화를 걸었다. 신호음이 가기도 전에 '지금은 고객이 전화를 받을 수 없어'로 시작하는 음성이 흘러나왔다. 카카오톡을 열자 현권의 이름이 탈퇴한 계정으로 떴다. 이미 나를 차단했을 것 같았지만 문자를 보냈다. 화 한번 냈다고 네 맘대로 그렇게 나가버리면 내가 뭐가 되냐고, 전화를 받으라고, 연이어 화낸 건 미안하다고, 그러니까 마주 앉아서 이야기를 하자고. 쏟아지는 말들을 전부 보내고 있는데 진동과 함께 메시지가 도착했다.

누나 나 찾지말고 옷환불해 어차피내스탈도
아니야 돈은나중에 꼭갚을게 나는 준희랑있
는게좋고편해 행복해 누나도나를 놔주고 매
형이랑잘살아 나도이젠지겨워 미안해 더이

상 나신경쓰지말고 자유롭게살아 누나

망가진 배열과 암호 같은 띄어쓰기 때문에 한 문장 한 문장을 어렵사리 읽는 도중 다음 메시지가 도착했다.

서랍에 선물놔뒀어 친환경피톤치드
그거뿌리면 담배냄새안나 쓰던거바
께없어서 미안

거실에서 남편의 한숨 소리와 함께 먼지 제거 테이프로 바닥을 문지르는 소리가 들려왔다. 찍 찌익 찌이익 찌익 찌이이이이이익 찌익. 책상 서랍을 열자 무색의 투명한 액체가 담긴 스프레이 용기가 들어 있었다. 어제 버스터미널에서 만난 현권이 나를 발견하곤 주머니 속에서 꺼내 뿌린 그것이었다. 이미 절반 정도 사용한 피톤치드액의 용기 앞면엔 쥬니튜브에서 봤던 로고와 함께 'made by Junny'라는 문구가 작게 적힌 스티커가 붙어 있었다.

현권이 개켜놓은 이부자리 위에 쪼그리고 앉아 두 통의 문자를 번갈아가며 몇번이고 다시 읽었다. 토독, 토독, 하는 빗소리에 고개를 들자 가는 빗방울이 발코니 창을 두드리고 있었다. 초등학교 5학년 여름, 방학식인 그날은 하교 후 생일파티를 위해 친구 집에 가기로 한 날이었다. 2교시부터 장대비가 내리기 시작했다. 우산을 안 챙겼는데. 현권이도 우산이 없을 텐데. 조바심이 나 쉬는 시간이 되자마자 2학년 교실로 가니 불 꺼진 교실 문이 잠겨 있었다. 친구나 담임선생님이 현권이에게 우산을 빌려줬나 보다, 하고 안심한 나는 교실로 돌아왔고, 4교시가 끝나고 방학식 때 받은 과자 꾸러미를 가방에 챙긴 뒤 친구들과 함께 우산을 쓰고 후문으로 달렸다. "얘, 얘!" 흙탕물이 된 운동장을 가로지르며 뛰어와 나를 불러 세운 건 지나가던 선생님이었다. "쟤 네 동생 아니니?" 정문 쪽을 돌아보자 마중 나온 엄마들 틈에 현권이가 서 있었다. 시커멓고 커다란 우산을 쓰고, 온몸이 비에 젖어 엉엉 울면서. 학교에서 집까지는 아이 걸음으로 20분쯤. 그럼 현권이는 비를 맞으며 집에 갔다가 우산을 들고 나와 3교시 무렵부터 나를 기다렸을까. 그러다 갑자기 불어난 아이들과, 우산을 들고 서 있는 엄마들 사이에서 나를 찾지 못할까봐 겁이 났을까. 생일파티에 가기를 포기하고 현권이와 집으로 걸어가면서, 나는 고맙다고 말하지 않았다. 대신 단단히 일렀다. 누나는 우산 없어도 되니까 다시는 기다리지 말라고. 나 안 챙겨도 되니까, 너나 잘하라고.

알 수 없는 마음이 일었다. 이 마음을 뭐라고 불러야 할지 알 것도 같았고, 모를 것도 같았다. 빨간색 점퍼를 입고 걸어가다 멈춰서 메시지를 보냈을 현권의 뒷모습이 선명히 떠올랐다. 굽은 어깨로 처마 아래서 비를 피하며 '지겨워'와 '미안해' 사이를 오갔을 현권의 마음. 그 마음만은 분명히 내가 알고 있는 것이었다.

# 랫풀다운

열. 석용은 양쪽 견갑을 모으며 바를 끌어당겼다. 두번째 세트의 열번째 움직임이었다. 앉은 자세에서 바를 쇄골 쪽으로 끌어당기는 랫풀다운 머신 운동은 광배근을 강화하기에 가장 좋은 운동이다. 일상생활에서는 몸의 후면 근육을 거의 쓰지 않기 때문에 의식적으로 잡아주는 운동이 중요해요. 석용은 회원들에게 그렇게 가르쳐왔고, 가르친 대로 허리를 꼿꼿이 세우고 묵직한 광배근을 느끼려고 노력했지만 실패했다. 잡생각이 끼어들어 손목과 어깨에 힘이 들어갔다. 석용은 세번째 세트의 첫번째 동작을 멈추고 호흡을 골랐다. 하지만 오래 쉬면 더 힘들어지니까,라고 생각하며 다시 하나. 며칠 전까지만 해도 식단을 공유하고 운동기록을 올리는 게 목적이었던 회원들과의 단체 카톡방은 '제이 피트니스 먹튀 대책회의방'이 되었다. 둘. 헬스장 대표는 회원 120명의 선납 이용료를 들고 잠적했다. 석용을 포함한 강사들의 월급은 3개월째 밀린 상황이었다. 셋. 헬스장이 문을 닫는 넷째주 일요일에 모든 헬스장 기구들을 팔아넘긴 걸로 보아 우발적인 잠적은 아니었던 것으로 예상됐다. 삼면에 유리만 남은 웨이트 존의 살풍경. 직장을 잃은 다섯명의 오전 출근자들은 말을 잃은 채 서 있다가 이면지를 찾아 양해 문구를, 그것도 몇번이나 고쳐 쓰고, 경찰서에 전화를 걸고, 퍼스널 트레이닝을 맡고 있던 회원들에게 연락을 돌렸다. 넷. 그저께, 관리인 하나 없는 아파트 지하의 헬스장에서 오전 운동을 마친 석용은 탈의실에서 조홍화 회원과 통화를 나눴고, 그날 이후 회원들의 연락을 피하고 있다. 헬스장 바로 옆 건물 1층에서 떡집을 운영하는 조홍화 회원은 말했다.

"선생님 차원에서 해주실 수 있는 게 아무것도 없어요? 다른 사람은 몰라도 나는 선생님 믿고 운동 시작한 건데."

3개월 치를 미리 끊었는데. 돈이 150인데. 석용은 '저도 피해자입니다'라는 말을 하려다가 관뒀다. 그 대신 정말 죄송하다고, 저희 사촌조카가 곧 돌인데 언제 한번 꼭 가서 돌떡이라도 맞추겠다고 말했다.

"돌떡이요?"

조홍화 회원은 허탈하게 웃고는 한참 동안 말이 없었다. 침묵을 견디던 석용은 핸드폰을 붙잡고 고개를 숙여가며 죄송하다고 말했다. 실오라기 하나 걸치지 않은 알몸이었다. 아무도 보는 사람이 없건만 부끄러워져 석용은 왼손으로 겨드랑이 털을 만지작거렸다. 전화를 끊고 샤워를 하면서, 석용은 대표인 승우형을 이해해보려고 노력했다. 역도 실업팀 시절 승우형은 석용의 바벨 메이트였다. 석용아, 복근에 힘주고 집중해 집중. 석용아, 중량 좀만 올려보자. 석용아, 그냥 놔버리지 그랬어. 그냥 놓고 무릎을 살렸어야지. 형은 석용에게 물리치료사, 수영지도자 자격증 공부를 권한 사람이었다. 물에는 물로, 불에는 불로, 부상에는 운동으로. 헬스장 상황이 이 지경이 되기 몇개월 전, 강사들 사이에서 승우형이 회원과 바람을 피운다는 소문이 돌았을 때도, 센터를 마련해줬다는 그의 장모가 찾아와 집어 던질 만한 것을 찾다가 주변엔 전부 무거운 것뿐이라 대여용 운동복을 헬스장 이곳저곳에 집어 던졌을 때도, 석용은 그를 믿었다. 가까운 사람일수록 궁금한 일에 말을 아끼고 묵묵히 곁을 지켜야 한다고 생각했고 그런 자신이 뿌듯하기까지 했다. 그러나 관리실장 겸 코어밸런스 GX트레이닝을 맡고 있던 허인승 선생이 카톡

방에 공유한 문자메시지 캡처본을 본 뒤, 석용은 자기 자신에게 기이한 수치심을 느껴야만 했다. 인승아. 너한텐 진짜 미안하다. 석용은 그날 어머니의 말마따나 자신이 '작정한 놈 눈에 띈 물렁한 놈'이었음을 인정할 수밖에 없었다.

하루아침에 4년 동안 다니던 직장을 잃은 석용이 할 수 있는 일은 근육을 유지하고 하루 네끼 단백질 식단을 챙겨 먹는 것뿐이었다. 하지만 그건 이전에도 해왔던 일이었다. 트레이너 선생님들과 함께하는 대책모임에도 이젠 나가고 싶지 않았다. 경찰서에 신고하고 내용증명을 보낸 뒤로는 모여서 할 일도 없었다. 2주 만에 세 사람이 근처 헬스장에 스페어 강사로 재취업했다. 세 사람 모두 아이가 있었다. 더이상 기다릴 희망도 돈도 없다는 나은 선생님의 말을 들으니 그게 맞는 수순인 것 같았다. 두 눈을 가리는 삽살개 같은 헤어스타일을 고집하는 형욱씨만이 '돈을 못 받으면 집에 찾아가서 패기라도 해야 한다'는 식의 의지를 가졌을 뿐이었다. 어쨌거나 석용은 그런 형욱씨를 달래는 것에도 지쳤다. 실업자 다섯명이 동네에서 안주가 제일 싼 술집 단체석에 모여 앉아 웃거나 화내가며 대책 없는 대책회의를 지속하는 건 무의미하다는 생각이 들었다. 사람도, 일도, 아무런, 쓸모가, 없어. 아무런, 쓸모가. 열. 기어이 다섯번째 세트의 열번째 동작까지 마친 석용은 거울을 보았다. 들썩이는 흉근. 성인 남자 머리통만 한 허벅지와 다물어지지 않는 이두박근. 오랜 시간 공들여온 98킬로그램의 몸뚱이.

"그때 준 생선 너무 짜던데."

석용은 아까부터 줄곧 음식 이야기를 하던 그들을 거울을 통해 쳐다보았다. 비단 오늘만의 일은 아니었다. 석용과 마주칠 때마다 그들은 음식 이야기를 하고 있었다.

"바닷고기가 짜지 싱거워? 물에 담가서 짠 기를 빼고 찌든가 굽든가 해야지."

저 불량배 같은 인간들. 석용은 기구 사용을 방해하고 운동 공간에서 취식을 하는 그들이 탐탁지 않았다. 그 아주머니들은 매번 근육을 풀어주는 '덜덜이'를 잠깐 하다가 벤치프레스를 벤치 삼아 앉아서는 가운데에 간식이 담긴 비닐봉지를 펼쳐놓고 먹으며 담소를 나눴다. 그들은 이 아파트 헬스장을 오래전부터 그런 식으로 이용해온 모양인지 운동을 하는 석용을 신기한 듯 바라보곤 했다. 지난주에는 고구마를 들고선 어머나, 이게 뭐랑 똑 닮았다 말하며 배를 잡고 웃다가 백익스텐션을 하는 석용을 보고는 아예 주저앉아 웃었고, 그 이후 석용은 더욱이 그들을 경계하고 있었다.

“아니야. 소금도 그거보단 싱겁겠어. 자연산 옥돔 맞어?”

“참나, 안 먹으려면 도로 줘.”

석용은 제이 피트니스가 그리웠다. 옥돔 실랑이나 비닐봉지 소리가 끼어들 수 없는 온전한 집중과 단련의 공간이. 근육을 위한 독서실이. 석용은 제이 피트니스를 자신의 공간이라 여겼다. 지난겨울 승우형이 석용을 따로 불러 말한 뒤로는 더 그랬다. 형은 스피닝룸을 정리하고 프라이빗 PT룸을 만들 예정인데, 거기서 나오는 수익의 60퍼센트를 석용 몫으로 주겠다고 했다. 단 시설 철거와 리모델링에 드는 초기 비용 6천만원을 투자해야 한다고. “너 인마, 놀고 있을 때도 돈 들어올 곳을 만들어놔야 노년이 편해진다.” 석용은 태연한 승우형의 목소리가 떠올라 길게 콧김을 뿜었다. 5년을 사귄 예선과 헤어지게 된 것도 따지고 보면 승우형 때문이었다. “네가 진짜 트레이너라면 피트니스 대회에 나가서 꾸준히 자신을 갱신하는 것으로 회원들에게 본을 보여야 돼.” 석용은 그 조언을 깊이 새겨 4월부터 8월까지 풀타임으로 일하는 중에도 쪽잠을 자며 운동해 대회에 나갔다. 그러느라 예선에겐 뭐든 미루자고 말했다. 식은 미루자, 상견례는 미루자, 그게 뭐든 잠깐만 미루자. 석용은 승우형의 멱살을 잡아다 무릎을 꿇리고 싶었다. 책임지게 하고 싶었다. 그러나 어디에 가서, 어떻게 잡아야 할지 몰라 양손으로 애꿎은 무릎만 잡았다.

"자연산이라니까! 그리고 옥돌은 제주도에서만 나, 이 양반아!"

제주도? 석용은 퍼뜩 무언가가 떠올라 고개를 돌려 아주머니들 쪽을 쳐다보았다. 흠칫 놀란 그들이 되레 석용을 노려보았고, 자리에서 일어난 석용은 땀에 젖은 두건을 풀어내며 집으로 향했다. 그게 아직 집에 있을지도 몰랐다. 그거라면 승우형의 거처를 알 수 있을지도 몰랐다.

*

현관을 열자 석용의 어머니가 거실에서 엄청난 양의 시금치를 다듬고 있는 게 보였다. 어머니는 석용이 신발을 벗기 무섭게 마침 잘 왔다고, 포항 이모가 시금치를 좀 보낸다고 하더니 빌어먹을 고문하는 것도 아니고 두 사람 사는 집에 시금치를 10킬로나 보내서 하루 종일 다듬어도 줄지를 않는다며 투덜거렸다. 석용은 당장 베란다로 뛰어가 지난 설에 받은 박스가 있는지 확인하고 싶었으나, 그랬다간 어머니에게 집요하게 추궁을 당하다 승우형에게 돈을 빌려준 것까지 실토하게 될 것 같아 눈치를 살피며 부엌으로 가 과도를 집었다. 그리고 커다란 스테인리스 대야 앞에 앉아 박스에 든 시금치를 하나씩 꺼내 다듬었다. 뿌리를 잘라내고, 밑동을 열십자로 가르고, 시든 이파리를 쥐어뜯듯 떼어내고.

"그 속도로 하면 금방 하겠다야."

어쩌다보니 티브이도 켜지 않은 채 고요한 거실에서 두 사람은 한참을 말없이 시금치만 다듬었다.

"너 일자리는 알아보고 있냐?"

"좀더 지켜보고요."

"뭘 자꾸 지켜봐. 에어컨 할부랑 집 대출금 나가야 되는데."

어머니는 과도를 내려놓고 대야 속 시금치 무더기에 양손을 넣어 뒤적거렸다.

"더 더워지기 전에 공진단도 하나 맞춰 먹어야 되는데……"

"저 제주도에 좀 다녀오려고요."

어머니는 무언가를 읽어내려는 사람처럼 석용의 눈을 빤히 바라보았다.

"누구랑?"

"혼자요."

"'그것이 알고 싶다' 보니까 그런 데 혼자 갔다가 다시는 못 돌아온 사람들이 많던데. 너 같은 몸은 잡아다가 부려먹기 딱 좋아. 그러니까 나랑 같이 가자."

"무슨 그런 무서운 말을 하세요. 일 때문에 가는 거예요."

"일? 무슨 일?"

석용은 두툼한 손으로 시든 시금치 이파리를 조몰락거렸다. 석용은 거짓말을 못했다. 어머니는 그런 석용을 보며 고개를 절레절레 젓고는 대야 속 다듬어진 시금치를 이리저리 들추며 말을 하려다 관두고, 하려다 또 관뒀다. 어머니가 융단폭격 같은 불만을 쏟아놓기 전 늘 그런 식으로 행동했기에 석용은 자기도 모르게 승모근이 긴장되는 것을 느꼈다.

"나 같으면 쉬는 김에 같이 가서 효도하겠네. 네가 여름에 어머니 고생하신다고 호캉스를 한번 보내줘봤냐, 비싼 밥을 한끼 사줘봤냐. 주희네는 이번에 미국으로 가족여행

간다던데, 너는 늙은 에미 어디 모시고 갈 생각은 안 하고 그저 돈 생기면 별의별 놈의 요상한 닭고기란 닭고기는 다 사다가 냉동실에 쟁여놓을 줄만 알지. 그러더니 회사 잘리고 혼자 훨훨 여행을 가겠다고. 네가 나를 등한시한 게 예선이 걔 만나고부터야. 걔랑 결혼하겠다고 데려왔을 때부터 나는 맘에 안 들었어. 쥐 상은 배신한다고, 결국에는 배신한다고 내가 너를 얼마나 말렸는데."

어머니는 대야를 내려놓고 화장실로 갔다. 그러곤 굳이 문을 활짝 열어놓은 채 오줌을 누며 혼잣말이라기엔 너무 큰 소리로 중얼거렸다.

"남편 복 없는 년 자식 복도 없다더니, 그게 맞는 말이었어."

석용은 참을 수 없어 "제발 문 좀 닫고 누세요!" 외치고는 벌떡 일어나 베란다로 갔다. 그러곤 창고 문을 열어 지난 설에 승우형에게 받은 말린 나물, 그게 담겨 온 우체국 박스를 찾기 시작했다. "다른 선생님들한테는 비밀이야. 우리 엄마가 한 건데, 너만 주는 거야." 그게 벌써 반년도 더 된 일이었지만 분명 박스는 남아 있을 거였다. 어머니는 한번 집에 들어온 깨끗한 박스를 결코 버리는 법이 없었다. 송장이 붙어 있을 확률도 높았다. 석용은 보자기에

싸인 플라스틱 통들과 용도를 알 수 없는 엑기스들을 헤친 뒤 켜켜이 쌓인 박스들을 확인했다. 우체국 3호 박스를 발견한 석용은 그것을 끄집어냈다. 서귀포시 한덕면 덕술리 27번지. 석용은 송장 위에 쓰인, 옅게 바랜 글씨를 뚫어져라 쳐다본 다음 조심스레 뜯어 주머니에 넣었다. 거실로 돌아오니 식탁에 앉아 있던 어머니가 석용을 바라보았다. 석용은 어머니를 지나쳐 단백질 파우더와 엽산, 칼슘, 비타민제를 챙기고, 냉동실 문을 열어 닭가슴살 네개를 품에 안은 뒤 방에서 가져온 배낭 안에 쏟아 넣었다. 서랍을 열어 속옷까지 챙긴 석용은 운동화를 신고 집을 나섰다. 걱정하시지 말라고 할까 말까, 고민하며 닫히는 현관문을 바라보고 있는데 어머니가 외쳤다.

“야! 30이라도 보내!”

*

석용은 제주도에 두번 와본 적이 있지만 여행은 아니었다. 두번 다 실업팀 시절에 방문한 것으로, 한번은 원정경기를 치르러, 한번은 남은 예산을 털기 위해 한겨울에 워크숍차 방문했던 거였다. 워크숍에서 기억에 남은 건

웃음치료사가 웃음기 없는 석용을 무대 위로 불러내 옆구리를 간질였던 일뿐이었다. 석용은 해외는커녕 국내여행 경험도 거의 없었다. 35년간 자기 발로 어딜 떠나본 기억이 없다는 게, 돌이켜보니 새삼 억울하기도 했다. 그래도 한 자리에서 버티는 건 누구보다 자신 있었다. 바벨을 잡은 손아귀에 힘을 주느라 빠진 엄지손톱에 항생제 주사를 맞아야 했을 때도 석용은 앓는 소리 한번 내지 않았다. 다음 해에 무릎 통증을 겪어야 했을 때도 석용은 묵묵히 버텼다. 그맘때 석용은 곧잘 성큼성큼 뛰어 올라가던 계단 앞에서 잠시 머뭇거렸다. 하지만 뛰어 올라가는 것을 멈추진 않았다. 무릎에서 시작된 통증이 장골을 타고 올라올 때까지도 석용은 멈추지 않았다. 병원에 가면 두려운 일이 생길 거라는 걸 석용은 직감했다. 걸음걸이가 이상하다고 하는 승우형에게 석용은 치질이 심해졌다고 둘러댔다. 끝을 생각하면 석용은 버티기 힘든 것도 버틸 수 있었다. 경기만 치르면 다 내려놓을 수 있어. 경기만 치르면. 재활만 끝나면. 자격증만 따면. 피트니스 대회만 끝나면. 확장공사만 시작하면. 내 PT룸을 갖기만 하면.

석용은 제주공항 벤치에 앉아 차가운 무염 닭가슴살을 씹으며 이제 어떻게 해야 할지 고민했다. 저녁 여덟시가 넘어가고 있었다. 옷에서 쿰쿰한 냄새가 올라왔다. 내일 바로 승우형의 본가에 찾아가 일을 끝낸다 하더라도, 어쨌든 당장 묵을 곳은 필요했다. 지도 앱으로 살펴보니 공항에서 서귀포까지는 꽤나 거리가 있었다. 석용은 공항을 빠져나와 택시 정류장으로 갔다.

"기사님, 서귀포 갑니까?"

기사 아저씨는 고개를 끄덕였다.

"한덕면 근처 아무 데나 잘 만한 곳으로 부탁드립니다."

아저씨는 룸미러로 석용을 쳐다보며 물었다.

"얼마짜리로?"

"어디고 싼 곳이면 됩니다."

아저씨는 출발하지 않고 계속해서 석용을 바라보았다. 그 눈빛이 매서워 석용은 말을 흐렸다.

"싼 곳 모르시면 그냥 아무 숙박업소로……"

"괜찮은 곳 알아요. 뒤에 술집 있어서 새벽에 시끄러울 수 있는데 괜찮아요?"

석용의 괜찮다는 말에 기사 아저씨가 활짝 웃었다. 달리는 동안 기사 아저씨는 자신의 아들 이야기를 늘어놓았다. 총각 또래의 아들이 하나 있는데 집에서 놀고 있다고.

그냥 노는 건 아니고 스쿠버다이빙 강사를 하는데 걔한테 배우면 자격증이 4일 만에 나온다고, 그거 이상한 거 아니냐고, 물에 들어가서 숨 쉬는 법을 가르쳐준답시고 사람들한테 돈을 왕창 받는다며 헐뜯는 듯 자랑했다. 석용은 '저는 운동하면서 숨 쉬는 법을 가르쳐준답시고 돈을 왕창 받아요'라고 말하려다가, 원래 누굴 가르친다는 게 쉬운 일이 아니라고 말해주었다.

"스쿠버다이빙, 저도 배워보고 싶다고 생각했습니다."

"그래요?"

아저씨는 석용의 대답이 만족스러웠는지 얼굴에 미소를 띠었다.

서귀포로 가는 동안 아저씨는 지금 어디를 지나고 있는지, 오른쪽에 보이는 오름이 어떤 오름인지 설명해주었다. 낮은 돌담으로 둘러진 밭에는 뜬금없이 봉분이 솟아 있기도 했는데, 아름다운 풍광을 보고도 무덤덤해하던 석용도 그건 신기해 물었다.

"무덤이 밭에 있네요."

"묻을 데가 없어서 그래요. 아무래도 섬이니까."

밭이 없는 사람들은 어디에 묻혀야 되나, 석용이 생각했고, 그 생각을 읽기라도 한 듯 아저씨가 말했다.

"꼭 자기 식구 아니라도 잘 아는 집 양반이면 자기 밭에 묻으라고 하기도 하고. 근데 요샌 뭐 묻나. 다 뿌리지. 뿌리는 게 최고야. 평생 땅 밟고 살았는데 물 되고 바람 되면 좋지."

물 되고 바람 된다라, 석용은 고개를 끄덕였다. 어둠이 땅에서부터 몰려오듯, 하늘이 까매지는 속도보다 더 빠르게 기암절벽과 우거진 나무들이 새카매지고 있었다. 석용은 내일 승우형의 집에 찾아가서 무슨 말을 할지 생각했다. 돈 되는 건 모조리 가져와야 할지, 자기가 보는 앞에서 당장 승우형에게 전화를 걸라고 해야 할지.

"여행 왔어요?"

석용은 잠시 고민하다가 그냥 그렇다고 답했다.

"내려요. 저 집이야."

택시비는 4만 5천원이나 나왔다. 석용이 주머니에서 오만원권 지폐를 꺼내는 사이 아저씨는 시동을 끄고 사이드 브레이크를 올린 뒤, 차에서 내려 스트레칭을 했다. 그러고는 나무로 만들어진 낮은 대문을 열었다. 저렇게 자기가 막 열고 그래도 되나, 생각하며 석용은 택시에서 내려 돈을 건넸다. 돈을 건네받은 아저씨는 반팔 티셔츠 가슴께의 주머니에 돈을 넣었다.

"잔돈은 숙박비에서 까줄게요."

정말 '그것이 알고 싶다'에 나오는 범죄에 휘말린 걸까, 석용은 어머니의 어깃장이 떠올라 주춤거리며 마당으로 들어섰다. 머리칼이 젖은 젊은 남자가 마당에서 스쿠버복을 말리고 있는 것이 보였다. 석용은 그제야 여기가 어딘지 알아차렸다. 아저씨는 주머니에서 땅콩 같은 걸 꺼내 까먹으며, 마당에 선 남자에게 손님을 받으라고 말하곤 외따로 떨어진 조그마한 별채로 사라졌다.

집은 평소에 게스트하우스로 운영되는 곳이긴 한 건지 거실에 만국기가 두줄 걸려 있었고, 신발장 옆엔 스쿠버복을 입은 사람들이 배 위에서 찍은 폴라로이드 사진이 붙어 있었다. 거실 한쪽엔 공기통과 오리발이 놓여 있었고, 가림막을 쳐놓은 주방 앞에는 '밤 10시 이후 취식 금지'라는 문구가 쓰여 있었다. 석용은 택시 기사 아저씨의 아들이 건넨 숙박일지에 인적사항을 적고 요구하는 대로 주민등록증을 건넸다. 남자는 넉살 좋게 자신의 이름을 '백석'이라고 소개하고는, 석용을 어제나 그제도 봐왔다는 듯 자연스럽게 인사를 건네고 능숙하게 복사기를 다뤘다. 석용은 그가 시키는 대로 슬리퍼로 갈아 신고 그를 따라 부엌을 구경했다. 집에는 방이 네개 있었는데, 현관에서 가장 가까운 방이 자기 방이니 필요하면 자신을 부르라고 했다.

“부모님은 뒤뜰 독채에 사세요. 수건 백장과 함께.”

석용은 자기가 말하고 자기가 웃는 백석을 굳은 표정으로 바라보았다. 그는 부엌 바로 옆에 있는 방의 문을 열고 들어간 뒤 석용에게 열쇠를 건네주었다.

“유일한 1인실이에요. 제일 좋은 방. 욕실이 방 안에 있기도 하고, 또 이렇게……”

그가 과장된 포즈로 침대 맞은편의 커튼을 걷자 지대가 높은 게스트하우스의 낮은 돌담 너머로 까만 바다와, 그 위에 밝은 등을 켠 채 떠다니는 어선들이 보였다. 석용이 아무런 감흥 없이 그것을 보고 있자 남자는 멋쩍게 웃었다.

“낮에 보면 멋져서 놀라실 거예요.”

그는 배낭을 벗지 않고 우뚝 서 있는 석용에게 자신이 세살 어리니 편하게 불러도 괜찮다며, 머무는 동안 필요한 게 있으면 말해달라고 했다. 그가 방을 나서려는 찰나, 틈을 노리던 석용이 마침내 입을 열었다.

“여기는 하루에 얼맙니까?”

“7만원에 쓰세요. 괜찮죠?”

석용은 머뭇거리다가 입을 열었다.

"식사 안 할 테니 더 싸게는 안 될까요? 저 아버님께 잔돈도 안 받았거든요."

백석은 석용의 눈을 한동안 들여다보고는 작게 소리 내어 웃었다.

"그러세요 그럼. 6만원에 하세요."

문이 닫혔고, 석용은 혼자가 됐다.

남자가 열어놓고 간 커튼 너머 풍경을 바라보고 있자니 석용은 가슴이 휑뎅그렁하니 황량해졌다. 핸드폰을 열자 박갑수 회원에게 부재중 전화가 열여섯통이나 와 있었다. 석용이 재활운동 전문 퍼스널 트레이닝으로 모집한 중년 회원들 중 한명이었다. 석용은 균형이 맞지 않아 기울고 회전된 회원들의 골격근을 어느 정도 정렬해준 다음 운동에 들어갔다. 회원들은 매번 교정 스트레칭 과정에서 전후 사진을 찍어 변화를 눈으로 확인시켜주고, 스포츠 마사지로 근육을 풀어주는 석용을 좋아했다. 그랬던 회원들에게서 이젠 밤낮없이 원망에 찬 전화가 걸려 오고 있었다. 회전근개 파열로 운동치료를 등록했던 박갑수 회원은 돈을 못 돌려주겠거든 집에 와서 마사지라도 해달라고 말했다. 메시지 창을 열자 그의 아들이라는 사람이 어떻게 찾았는지 석용의 피트니스 대회 사진을 보내왔다. 한때 석용의 자부심이었던 사진이었다. 아들은 돈을 돌려주거나 적절한 조치를 취해주지 않으면 페이스북에 석용의 신상과 사진을 퍼트릴 거라는 내용의 문자를 함께 보냈다. 사진 속 석용은 대회용 속옷만 입은 채 온몸에 힘을 주고 있었다. 언제 봐도 조금 아쉬웠던 내측광근 대신 자신의 얼굴이 눈에 들어왔다. 홀쭉해진 볼과 목에서 쇄골을 잇는 불룩 솟은 힘줄, 갖은 용을 쓰느라 살짝 열린 하관. 석용은 박갑수 회원의 아들에게 답장을 보냈다.

그래서 마음이 편해지신다면 그렇게라도 하세요.

엄포를 놓는 게 아니라 진심이었다. 예선이 결혼을 없던 일로 하자고 했을 때, 석용은 혼란스러웠지만 평정심을 잃지 않으려 했다.

“그게 진짜로 네가 원하는 거라면 그렇게 해.”

그건 진심이 아니라 엄포를 놓은 거였다. 피트니스 대회만 끝나면 멋진 모습으로 프러포즈를 할 생각이었다.

“너 진짜 바위 같은 새끼구나. 끝까지 그렇게 버티겠다 이거지.”

헤어질 때 예선은 그렇게 말했다. 석용은 예선이 돌아올 거라고 믿었다. 예선의 번호가 바뀌고 벨을 누른 예선의 자취집에서 웬 초등학생이 나왔을 때도 석용은 미련하게 기다리는 것 말고는 무엇도 하지 못했다. 아끼던 손편지들, 예선이 'YS♡SY'라고 수놓아준 손목 스트랩과 반스 커스텀 운동화도 버리지 않았다. 그게 정말 끝인 걸 알았더라면 바짓가랑이라도 붙잡아야 했다. 돈을 덜 벌더라도 회원을 줄였어야 했다. 식단을 조절하는 대신 예선이 좋아하던 트리플초코빙수를 함께 먹었어야 했다. 예선이 원하는 건 그런 거였을 거다. 열심히 버티는 것 말고 한 걸음 옮겨 예선과 함께하는 것. 하지만 떠난 사람의 마음은 알 수 없었다. 석용은 용을 쓰는 자신을 기다리며 외롭고 무겁고 서글펐을 예선의 마음을 생각하다 자신의 이름을 혼내듯 소리 내 불렀다.

"모석용!"

남의 이름을 부르는 것 같았다.

"야, 모석용!"

다시 한번 불러보았다. 그런 다음 침대에서 내려와 바닥을 두어번 손바닥으로 두드린 뒤 엎드려 몸의 정렬을 맞추고 스파이더 푸시업을 하기 시작했다. 상체를 숙이며 내려가는 동시에 한쪽 무릎을 팔꿈치 쪽으로 당기는 스파이더 푸시업은 옆구리와 가슴의 크고 작은 근육을 효과적으로 찢어놓을 수 있는 맨몸운동이었다. 4세트에 이르러 석용은 이를 악물었다. 턱 밑으로 땀방울이 떨어지기 시작했다. 석용은 멈추지 않았다. 코어에 힘이 빠지자 이두와 삼두도 오래 버티지 못했다. 배밀이를 하는 아기처럼 자세가 무너졌으나 석용은 계속해서, 계속해서 상체를 끌어올렸다. 열두개씩 6세트를 마친 뒤 석용은 침대 위로 올라가 엎드렸다. 승모근에서부터 복근, 흉근까지. 천천히 힘이 빠졌다. 석용의 가쁜 숨소리가 천천히 잦아들다 고요해졌다. 미미한 파도 소리가 방 안을 채웠다. 게스트하우스 뒤편의 야외 술집에서 사람들이 한꺼번에 와하하 웃었다가 파도가 쓸려가듯 잠잠해지는 소리도 들려왔다. 석용은 양말도 벗지 않은 채 침을 흘리며 깊은 잠에 빠졌다.

*

아침에 눈을 뜨자마자 석용은 오랫동안 샤워를 한 뒤 게스트하우스를 나섰다. 마당에서 백석이 사람들을 우르르 세워놓고 장비를 챙기고 있었다.

“형님, 어디 가세요?”

백석 뒤에 선 사람들이 석용을 바라보았다.

"잠깐 어디 좀 들르려요."

"같이 바다 안 나가실래요?"

"나중에요."

석용은 고개를 푹 숙인 채 사람들을 지나쳤다. 지도 앱에 주소를 찍자 도보 23분 거리에 승우형의 부모님 집이 있다고 나왔다. 해안도로의 오르막을 따라 직진하다가 우회전해 조금만 걸으면 도착지였다. 석용은 옷을 끌어당겨 역겹기도 하고 친숙하기도 한 자신의 땀 냄새를 맡으며 걸었다. 승우형의 집에 찾아가 어떤 말을 먼저 해야 할지 결심이 서지 않아, 천천히 걸으며 생각하자고 마음먹었음에도 석용은 자기도 모르게 기립근과 무릎에 힘을 주고 경보하듯 걷고 있었다. 석용은 의식적으로 승모근에 힘을 풀고 천천히 걷기 시작했다. 걷는 중에도 주머니에서 계속 핸드폰이 울었다. 어머니에겐 밤사이 전화가 세통 와 있었지만 다시 걸지 않았다. 아침엔 문자도 한통 왔다.

인자가 온 것은 섬김을 받으려 함이 아니라 도리어 섬기려 하고 자기 목숨을 많은 사람들의 대속물로 주려 함이니라. 마가복음 10장 45절. 예수님 보혈에 감사함을 아는 내 아들 석용이니 허튼 생각 하지 않을 거라 나 믿네.

석용은 가슴에 얹힌 듯 내려앉은 덩어리를 풀어내려 양팔을 넓게 벌려 기지개를 켰다. 멀리, 초원에서 말들이 풀을 뜯고 있는 게 보였다. 해가 좋고 날이 맑아 먼 곳도 훤히 보였다. 조금 더 걷자 외딴곳에 쪼르르 이어진 민가가 나왔다. 슈퍼마켓과 서점을 지나자 진녹색 대문의 작게 지어진, 아주 오래된 집이 나타났다. 대문 앞에 선 석용은 초인종 위에 '함갑철 정인순'이라 적힌 명패를 바라보았다. 함갑철. 승우형의 돌아가신 아버지 이름이었다. 카리스마 있게 가자, 카리스마 있게. 석용은 카리스마 이미지 트레이닝을 한 뒤 고개를 쭉 빼고 낮은 담장 안을 들여다보았다. 마당 안에서, 체구가 작고 등이 심하게 굽은 할머니가 빨랫줄에 젖은 옷을 느릿느릿 널고 있는 게 보였다. 석용은 그것을 한참 동안 바라보았다. 그리고 생각했다. '빨랫줄이 너무 높다.' 쇠기둥 양쪽에 묶인 빨랫줄을 조금만 내려주면 널기가 쉬워질 텐데, 그걸 풀었다가 단단히 묶어줄 이가 없는 듯했다. 석용은 맥이 풀렸다. 그리고 또 한번 인정했다. 자긴 한없이 물렁한 놈이고, 승우형은 완전히 작정한 몹쓸 놈이었다. 석용은 주먹을 들어 대문을 두드렸다.

"열렀주게!"

문을 열고 들어선 석용을 향해 할머니가 환하게 웃었다. 그러나 그것뿐, 반가움도 의문도 없이 다시금 허리를 숙여 바구니에서 느릿느릿 빨래를 널기 시작했다. 석용은 천천히 할머니에게 다가갔다. 조심스레 바구니를 빼앗은 다음 구겨진 채 널려 있던 젖은 빨래를 걷어 바구니에 넣었다. 빨랫줄을 푼 석용은 할머니의 키를, 점점 더 굽어갈 허리를 가늠하곤 세뼘 아래에 줄을 단단히 묶었다. 왼쪽, 그리고 오른쪽. 석용은 노끈을 단단히 고정한 뒤 한번 흔들어보았다. 할머니는 평상에 앉아 막걸리 뚜껑을 열고 병나발로 목을 축였다. 힘있게 빨래를 털어 너는 석용의 모습을 보며, 자신에게만 들려오는 노랫소리가 있다는 듯 껍데기만 남은 것 같은 몸을 기우뚱기우뚱 흔들었다.

되돌아오는 길에 형욱씨에게서 전화가 걸려 왔다. 받지 않으려던 석용은 혹시나 승우형을 잡아다 패는 것에 성공한 것일까 싶어 통화 버튼을 눌렀다. 형욱씨는 흥분해서 높아진 목소리로 말했다.

"석용쌤, 다름 아니라 제가 대박 정보를 알아냈습니다."

"정보요?"

“함대표 어머니가 제주도에 산다는데, 주소만 알아내면 됩니다. 모르는 일이라고 내빼면 용달 불러서 냉장고라도 가져오게요. 그래야 우리가 분이라도 풀리지 않겠습니까?”

석용은 뻥 뚫린 해안도로 위, 자신을 빠른 속도로 지나치는 차들을 바라보았다.

“안 그래도 제가 방금 다녀오는 길인데요.”

도로를 등진 석용 앞으로 탁 트인 바다가 무심히 펼쳐져 있었다.

“아무것도 없더라고요. 다 버리고 도망갔더라고요.”

*

석용은 터덜터덜 숙소로 돌아왔다. 배가 몹시 고팠다. 부엌으로 들어가 냉장고 문을 열고 떨리는 손으로 계란 다섯개를 품에 담았다. 그리고 가스레인지에 물을 올린 뒤 조심히 계란을 넣었다.

“형님?”

부엌 가림막 사이로 백석이 얼굴만 빼꼼 내민 채 석용을 보고 있었다.

"달걀 값 드릴 거예요." 석용이 서둘러 말했다.

백석은 고개를 끄덕이곤 냉장고 문을 열어 비엔나소시지와 베이컨을 꺼내 굽기 시작했다. 석용은 물이 끓고 얼마 지나지 않아 찬물에 계란을 담가 식히고는 선 채로 껍질을 까 후후 불어 입에 넣었다. 손가락 사이로 흘러내리는 노른자를 닦지도 않고 석용은 계란을 먹었다. 식탁에 음식을 차린 백석이 주걱에 붙은 밥풀을 떼어 먹으며 그런 석용을 물끄러미 바라보았다.

"형님."

싱크대 앞에 서 있던 석용이 고개를 돌려 백석을 바라보았다.

"앉아서 드세요."

"괜찮습니다. 서서 먹는 게 편해요."

"그래도요."

백석이 가리킨 식탁 맞은편에 석용 몫의 고봉밥과 수저가 놓여 있었다. 석용의 눈에는 그게 마치 환상 같았다.

"앉아서 같이 드세요."

그 다정한 말투와 자연스러움 또한 그렇게 느껴졌다. 타인과의 식사라는 행위가 난생처음인 듯 낯설어서, 석용은 홀린 듯 걸어가 자리에 앉은 뒤 수저를 들었다. 베이컨과 소시지, 차가운 두부부침과 강된장, 상추와 씀바귀. 짜고 달고 쌉쌀한 것. 가공되고 무쳐지고 졸여진 것. 석용은 너무 오랜만에 음식을 아무런 죄의식 없이, 누가 쫓아오기라도 하는 것처럼 급히, 맛있게 먹었다. 백석이 조심스레 물었다.

"이거 먹고 물에 갈 건데 같이 가실래요?"

"아까 다녀오신 거 아니었어요?"

"아직요. 그분들은 장비 빌리러 온 프로들이에요."

백석이 물을 따른 뒤 잔을 석용 쪽으로 밀었다. 석용은 그걸 받아 꿀떡꿀떡 달게 마신 뒤 속도를 늦춰 밥을 먹었다.

백석의 봉고에 올라 다이빙 스폿으로 떠나는 길, 석용은 백석이 개인 사정으로 전역한 해군 부사관 출신이라는 것을 알게 되었다. 혹시 빚쟁이에게 쫓기고 있냐는 백석의 물음에, 석용은 자신이 빚쟁이이자 쫓는 사람이었는데 이젠 그러지 않을 작정이라고 답했다. 5분 거리 항구에 차를 세운 두 사람은 옷을 갈아입고 사람들 틈에 섞여 통통배에 올라 아담한 섬으로 들어갔다. 백석이 벨트와 산소통을 점검하는 동안 석용은 차고 맑은 바닷물에 손을 담그며, 통통배를 함께 타고 온 사람들이 고프로를 들고 한쪽에 모여 가이드에게 설명을 듣는 모습을 구경했다. 백석이 석용의 어깨를 두드렸다.

“수영할 줄 아세요?”

석용이 고개를 끄덕이자 백석은 물속에서 압력을 조절하는 이퀄라이징 방법에 대해 설명하고는 장비의 대략적인 이름과 용도를 줄줄 읊어주었다. 웨이트 벨트와 호흡조절기, 산소통을 채워줄 때는 화가 난 사람처럼 인상을 쓴 채 집중하기도 했다. 준비를 마친 백석이 석용을 똑바로 마주 보았다.

“형님, 드릴 말씀이 있는데, 표정이 곧 죽을 사람 같아서 말씀 못 드리겠어요.”

석용은 제주도에 온 뒤 처음으로 덧니를 드러내고 웃었다.

“이제 말씀하세요.”

죽지 않을 거란 말은 하지 않았다.

“비용은 15만원이에요.”

“중요한 걸 제일 늦게 알려주시네요.”

백석은 석용에게 하강 후에는 숨을 깊게, 천천히 쉬어야 하며, 상승할 때는 이퀄라이징을 하지 말라고 당부했다.

“혹시라도 어지럽거나 기분이 지나치게 좋아지면 신호

주셔야 돼요."

"지나치게 좋아지면?"

"깊이 내려가면 술 취한 것처럼 살짝, 기분 좋아질 거예요."

그러고는 자신이 곁에 있을 테니 큰 걱정은 하지 않아도 된다고 말했다. 물에 들어간 두 사람은 평영을 해 나아갔다. 하강 신호를 주고받은 뒤 백석이 먼저 잠수했고, 석용도 따라서 잠수했다. 석용은 다리를 좌우로 찢으며 물살을 갈라 아래로, 아래로 내려갔다. 자꾸만 몸이 저절로 뜨려고 해서 석용은 하강에 힘을 많이 쏟았다. 늘 뭔가를 반복해서 들어올리며 골격근을 키우는 운동이나 해봤지, 번쩍 들어올려지는 느낌에 저항해본 건 처음이었다. 얼마나 내려왔을까, 백석이 석용 앞으로 다가와 손을 흔들고는 엄지손가락을 치켜세운 뒤 자신의 눈과 오른쪽을 번갈아 가리켰다. 고개를 돌린 석용은 줄돔떼를 발견했다. 어떻게 저리도 흐트러짐 없이 떼로 움직일까. 조용하고 아름답게. 그 광경을 지켜보다 흥분한 석용의 입에서 공기 방울이 울컥울컥 새어나왔다. 백석은 수생생물들을 관찰하라는 듯 손으로 여기저기를 가리켰다. 고글 속 백석의 눈꼬리가 뿌듯하게 휘어져 있었다. 석용은 고개를 끄덕였다. 백석이 왜 숨을 깊이, 천천히 쉬라고 강조했는지 알 것 같았다. 얕은 호흡이 문제가 아니라 자꾸만 숨 쉬는 걸 잊어버리게 되는군. 석용은 지끈거리던 광배근과 이두, 삼두근의 긴장이 풀어지며 관절이 물의 일부가 된 듯 부드럽게 움직이는 것을 느꼈다. 백석이 10미터 아래로 내려왔다고 알려주었을 때, 석용은 몸을 뒤집어 수면을 바라보았다. 몸이 새털처럼 가벼워진 것 같은 느낌 탓에 웃음이 나오려는지 울음이 터지려는지, 뱃속에서 무언가가 치밀고 올라오는 게 느껴졌다. 석용 평생에 이렇게 재미있고도 슬픈 경험은 처음이었다. 상승 신호를 보낸 백석의 발목을 붙잡고 서서히 수면으로 올라가며, 석용은 무릎이 꺾인 그날 이후부터 실은 한번도 내려놓은 적 없었던 무거운 바벨을, 이제야 물속 깊이 내려둔 것 같았다. 가까워지는 해수면을 바라보며 석용은 서울로 돌아가지 않기로 결심했다. 제주에 머물며 바닷속에서 보낼 시간이 더 필요했다. 배워야 할 것도 많았다. 물속에서 천천히 깊은 호흡을 하는 법, 무른 몸으로도 건강하게 사는 법. 예선으로부터 너무 늦게 건너온 무거운 마음에 대해서도 생각해봐야 했다. 다행히도 석용에겐 돌아가야 할 직장이 없었고, 오늘은 겨우 첫번째 휴일이었다.

# 너 하는 그 일

셔틀버스가 회전 교차로를 돌아 아홉시 방향으로 진입하는 순간, 태은은 창문에 머리를 박으며 잠에서 깼다. 입가에 흐른 침을 닦은 태은은 눈에 힘을 주고 주변을 살폈다. 불 꺼진 새벽 버스에서 또렷하게 보이는 건 몇몇 사람들의 손에서 희미하게 빛나고 있는 핸드폰 불빛뿐이었다. 후덥지근한 히터 바람과 막 야간 일을 끝낸 사람들의 땀 냄새로 가득 찬 공기 탓에 태은은 멀미가 났다. 커튼을 걷어내고 서늘한 유리창에 머리를 기댔다. 버스는 외곽의 국도를 달리는 중이었다. 줄곧 황량한 도로를 달리던 버스가 신호등에 이르러 잠시 정차했을 때, 태은은 횡단보도 너머 대각선 방향에 있는 건물을 발견했다. 리조트인지 연수원인지, 거대한 기숙사처럼 생긴 그 짓다 만 건물은 콘크리트를 훤히 드러낸 채 창문도 칠도 없이 음습

한 기운을 내뿜으며 서 있었다. 건물로서의 기능은 하나도 하지 못하면서 자리만 차지한 채 보는 사람 기분만 망치는 그 건물을 태은은 1년 전 이맘때도 보았고, 보면서 비슷한 생각을 했다. '차라리 허물어버리지.' 신호를 받은 버스가 출발하자 건물은 곧 시야에서 사라졌고, 태은은 1년을 돌아 올해 시험도 끝이 났음을 실감했다.

9월 2차 시험이 끝나고 12월 발표가 나기까지의 3개월 남짓한 시간 동안 태은은 물류센터에서 아르바이트를 했다. '공부하고, 시험 보고, 물류센터 나가고, 발표 확인하고.' 지난 3년간 태은은 이 패턴을 반복했다. 엄마가 매달 생활비를 보내주긴 했지만 시험이 임박할수록 들어야 할 강의가 많아졌고, 그러다보면 지금처럼 두달 치 월세와 세달 치 가스요금 정도의 빚이 생기고야 말았다. 가을의 급여로 여름에 진 빚을 갚는 것은 수험 생활이 낳은 새로운 루틴이었다. 물류센터는 '연령 무관, 성별 무관, 학력 무관'에 '대학 재학생, 휴학생, 주부, 외국인, 단기'를 전부 환영하는 곳이었고, 태은은 그런 이유로 이 일을 시작했으며 그런 이유로 이 일이 싫었다. 오늘만 해도 태은은 같은 조에 배정된 다른 사람들과는 달리, 일하는 중 눈이 마주치면 상대편의 고됨에 공감한다는 듯 웃지도, 밥을 먹으며 대화를 나누지도 않았다. 다만 천천히 밥을 씹으며 네일아트로 샤넬 로고를 박은 사람의 손톱을 곁눈질해 쳐다보거나 말끝마다 비속어를 쓰는 이들의 목소리를 집중해 엿들었다. '나태한 막장 인생들.' 태은은 사람들의 구석구석을 집요하게 훑으며 그들을 멸시할 이유를 찾아냈다. 언젠가부터 태은은 실없이 웃고 까불며 친구를 사귀고 무리를 만드는 이들의 꼴을 봐주기 힘들었다. 친근한 말투로 나이나 사는 곳을 묻는 이들은 혐오스러울 지경이었다. 아무 말이나 되는대로 뱉으면서 치부를 드러내고, 혼자 있는 사람에게 말을 걸며 스스로를 좋은 사람이라고 착각하는 이들의 문제는 자존심이 없다는 거였다. 태은의 기준에서 자존심은 소중한 덕목이었다. 먹고살 만한 인간들이 마이크를 잡고 읊어대는 자존감 따위보다 훨씬 가치 있는 것이며 드높여야 하는 것이며 태은을 숨 쉬게 하는 것. 태은은 그것을 지키기 위해 웃으라고 한 말에 절대 웃어주지 않았고 필요한 말이 아니면 입도 벙긋하지 않았다. 태은에겐 관심받는 것보다 무시당하지 않는 것이 훨씬 중요했다.

물류센터에 대해 태은이 생각하는 좋은 점이란 이런 것들. 누우면 곧장 잠들 수 있어 어두운 마음으로 밤을 새

우지 않아도 됨. 잡생각할 여유가 없어 지엽적으로 출제된 세법학 2번 문제를 떠올리며 종일 '개새끼들'이라고 중얼거리지 않을 수 있음. '53'이라는 숫자에 피가 마르는 심정으로 자신의 목을 조였다가 푸는 짓을, 잠깐은 쉴 수 있음.

53. 태은이 '올해가 마지막'이라고 생각하며 일주일 중 일요일 하루 반나절만 쉬고, 날씨도 컨디션도 최상이라 한바퀴 뛰고 싶은 날이나 생리통 때문에 앉아 있기조차 힘든 날에도 스톱워치에 순수 공부 시간 열한시간을 찍으며 수험 생활을 한 결과의 점수. 평균 56점이 합격권인 시험에서의 53점. 문제는 그게 가채점 점수라는 거였다. 숫자로 정답이 떨어지는 회계학 1부와 2부는 가채점 결과나 시험 점수나 별 차이가 없지만, 논술형인 세법학 1부와 2부의 경우엔 채점자가 누구이며 그날 그의 기분이 어떠하냐에 따라 점수에도 기복이 생겨 수험생들을 떨게 했다. 수험생 인터넷 카페에는 시험이 끝나자마자 세법학 복기(復棋) 답안 게시물이 올라왔고, 그 밑엔 난데없는 부모님 욕이나 합격을 미리 축하드린다며 상찬하는 극단적인 댓글들이 이어졌다. 세법학 기본서를 되짚고 댓글 속 수험생들의 도움을 받아 낸 태은의 가채점 점수 53점은

합격의 꼬리도 될 수 있고 불합격의 머리가 될 수도 있는 점수여서, 태은이 할 수 있는 거라곤 오늘은 지옥에 머리를 처박았다가 내일은 천국의 구름 사이로 정수리를 내밀어보며 스스로를 고문하는 일뿐이었다.

정차한 버스 안에 불이 환하게 켜지며 문이 열렸다.

*

집에 도착한 태은은 물을 많이 넣어 끓인 진라면 한 그릇을 책상으로 가져왔다. 그러곤 유리컵에 소주 반병을 따라 한모금 홀짝였다. 서른 즈음부터 이상하게 소주가 당기더니만 이제는 그게 달기까지 했다. 센터에 새벽 배송 물품이 많은 날이면 허리며 손목이 쑤셨는데, 통증에 술이 도움이 된다는 사실을 어쩌다 알게 된 후론 적당히만 마시면 약이라는 생각마저 들었다. 식사를 마친 태은은 샤워한 뒤 헝클어진 이불 속으로 들어갔고, 서서히 몸에 힘이 빠지는 것을 느꼈다. 오늘 신선 식품 코너에 배정받는 바람에 종일 냉장고 속 추위에 절여졌던 태은의 관절 마디마디가 눅진하게 늘어지며 도크장에 내도록 울려퍼졌던 지게차의 후진음이 잔상처럼 남아 귓가에 울렸다.

태은은 선잠에 빠졌다. 꿈속에서 태은은 다시 고사장 안이다. 1교시 회계학 시간, 마지막 문제까지 풀었는데 시간이 이상하게 많이 남는다. 회계학 문제 2의 물음 1을 검산한 태은은 잠시 멈칫한다. 계산기 속 숫자가 정수로 떨어지지 않고 소수로 끝없이 이어진다. 씨발. 태은은 마음을 진정시키며 다시 문제로 돌아가 빠뜨린 조건이 없는지 확인한다. 그런데…… 자꾸 졸린다. 꿈에서도 졸음이 쏟아져온다. 애가 타는데, 15점짜린데. 잠깐만 졸고 맑은 정신으로 다시 시작할까?

똑똑.

소리가 태은의 꿈속 꿈을 깨운다. 정신을 차린 태은은 왼손으로 정신없이 계산기를 두드린다. 버저 소리가 들린다. 시험 종료를 알리는 소리다. 태은은 손을 떨며 답안지와 계산기를 번갈아 쳐다본다. 감독관은 머리 위로 손을 올리지 않은 태은에게 다가와 책상을 두드린다. 똑똑. 똑똑똑. 태은은 흥분한다. 잠깐만요. 잠깐만. 잠깐만 기다려봐 씨발 잠 좀 자게.

쾅쾅쾅.

태은은 몸을 비틀며 잠에서 깨어났다. 심장이 빠르게 뛰었다. 잘못 들었나? 두려움을 느끼며 두리번거리는데 이어서 버저 소리가 들려왔다. 벽시계를 보자 시간은 네 시 반이 넘어가고 있었다. 태은은 이불을 걷어내고 휘청거리며 일어나 현관으로 다가갔다. 차가운 현관문에 손을 짚은 태은은 외시경에 눈을 가까이 대고 바깥에 선 사람을 확인했다.

"엄마?"

살짝 연 현관문을 확 열어젖히고 들어온 사람은 태은의 엄마가 맞았다. 엄마는 바지춤을 붙잡은 채 오줌, 오줌을 외치며 화장실로 들어갔다. 잠이 덜 깬 태은은 듣는 사람이 다 시원한 엄마의 소변 소리를 들으며 스위치를 찾아 형광등을 켰다. 현관에 부려진 엄마의 신발은 슬리퍼였다. 태은은 눈을 가늘게 뜨고 제자리에 서서 지금 이게 무슨 상황인지 가늠했다. 화장실에서 나온 엄마는 방금까지 태은이 누워 있던 이부자리 속으로 쏙 들어가더니 살짝 어깨를 떨었다. 현관 앞에 그대로 서 있던 태은은 작은 원룸을 둘러보는 엄마의 모습에 불길함을 느꼈다.

"세상에, 이 집이 달에 40이냐? 생쥐 두마리 신방 살림 차리면 딱 되겠구먼."

태은은 엄마 곁으로 가 쪼그리고 앉은 뒤 대뜸 엄마의 윗옷을 들췄다.

"안 맞았어. 때리고 그럴 사람은 아니고."

엄마의 다리를 덮고 있던 이불을 걷어낸 태은이 말없이 엄마를 쳐다보았다. 엄마의 트레이닝복 바지에 도깨비바늘이 다닥다닥 붙어 있었다. 엄마는 바지를 훌렁 벗어 도깨비바늘을 하나하나 떼더니, 고개를 들어 일그러진 태은의 얼굴을 보곤 피식피식 웃기 시작했다. 태은은 지난 몇년간 반찬이나 생필품은 보냈어도 태은의 집에 들른 적은 없던 엄마가, 새벽 네시 반이 넘은 시간에 대전에서 서울 신림동까지 오게 된 이유를 듣지 않아도 짐작할 수 있었고, 짐작이 가서 화가 났다. 태은은 엄마가 벗어놓은 바지 주머니를 더듬었다.

"핸드폰은."

엄마는 이부자리를 정리하는 척 딴청을 피우며 답했다.

"지갑이라도 챙겼으니 얼마나 다행이냐."

"그러니까 쫓겨났다는 거잖아, 지금."

이 시간에 사람을, 핸드폰도 없이. 태은은 일어나 겉옷을 챙겼다. 경찰서부터 가자는 태은의 말에 엄마는 목소리가 커지더니, 네가 아직 미스라 잘 몰라서 그러는데 부부가 정을 나누다보면 이런저런 일이 생길 수 있는 거라고 너스레를 떨었다. 엄마는 김재성의 천도재를 지내느라

3백만원을 썼다는 사실을 아저씨에게 들켰다고 했다. 아저씨는 그렇게 걱정되면 그놈 옆에서 살라며 야밤에 한참을 폭풍같이 운전해서 김재성의 위패가 있는 절로 향하는가 싶더니만, 어느 외딴 벌판에 엄마를 버려두고는 쌩하니 가버렸다고 했다. 엄마는 거기가 어딘지도 모르는 채 고라니 울음소리를 들으며 한참을 기다리다가 차가 사라진 방향으로 걷고 또 걸었고, 불 꺼진 멧돼지고깃집 간판에 적힌 주소를 보고서야 거기가 경기도 파주라는 것을 알게 됐다고 했다. 계속 더 걷다보니 멀리서 노란 불빛이 보였고 그 빛이 내 부처다, 생각하며 쭉 따라가다보니 천만다행으로 주유소가 나타났다고. 주유소에서 콜택시를 부른 엄마는 외우고 있던 딸의 집 주소를 불렀다. 경기도나 서울이나 거기서 거기일 거라고 생각했는데, 택시비가 6만원이 넘게 나왔다고 말하는 대목에서 엄마는 잠시 생각에 잠겼다.

"이제 와서 보니까 그 아저씨가 나를 북한에다 버리려고 했나보다."

손뼉을 치며 웃기 시작하는 엄마를 태은이 굳은 얼굴로 건너다보았다.

"보톡스라도 맞았냐? 웃지를 않고."

태은은 엄마에게 핸드폰을 내밀었다.

"그 새끼 번호 찍어."

"이넌 봐. 그 새끼가 뭐냐, 그 새끼가."

엄마가 핸드폰을 손으로 쳐내는 순간 태은은 방금까지 성질이 나 뜨겁게 솟구치던 속이 식어 내려가는 것을 느꼈다. 태은을 향한 엄마의 눈빛은 단호했고 화가 나 있었다. 태은은 더 물어보지 않고 엄마에게 갈아입을 옷을 내어준 다음 씻으라고 말했다. 엄마가 화장실로 들어가고 샤워기에서 물이 떨어지는 소리가 들렸다. 태은은 고개를 숙인 채 손바닥 위에 놓인 도깨비바늘을 들여다보았다.

지나간 과정을 복기하며 추론이라는 걸 할 수 있을 만큼 나이를 먹은 뒤, 태은이 이해하게 된 건 김재성이었다. 김재성은 아주 투명한 인간이었다. 동네 선후배에게 돈을 빌려주고 떼이기를 반복하는 스스로를 호인이자 대인배라 치하하고, 주제에 따로 만나는 여자를 두고는 그 여자 자식의 소풍까지 챙기며 기분을 내면서 자기 딸 수업료가 몇 분기째 밀렸는지는 관심도 없고, 집에서 일어나는 일이라면 겨울에 세탁기가 어는 것까지도 엄마를 탓하며 패야만 하는 인간. 태은은 엄마가 맞을 때 내는 소리와 김재성이 때릴 때 내는 소리를 듣고 있으면 온몸의 피가 빠져나가는 느낌이 들었고, 그건 느낌만이 아니었는지 김재성에게 칼을 들고 달려들다가 떨면서 쓰러졌던 날 병원에서 잰 태은의 혈압은 109에 40이었다.

태은이 이해할 수 없는 사람은 엄마였다. 그렇게 맞고도 김재성의 건강을 위해 보약을 지어 먹이고, 해마다 삼복을 챙겨 보신탕이며 뱀탕을 직접 끓이거나 구해다가 그의 앞에 바치면서 이게 얼마나 구하기 힘든 것이며, 한번 만들려면 종일 부엌에서 얼마만큼 용을 써야 하는지에 대해 반복해서 말했다. 태은은 김재성이 맛있게 먹는 모습과 그걸 달아 죽겠다는 듯 쳐다보고 있는 엄마의 표정이, 김재성이 저 힘을 어디다 쓸지 알면서도 속없이 생색을 내고 뿌듯해하는 엄마의 태도가 견딜 수 없었다. 그런 것들을 먹어서인지 김재성의 기세는 나이를 먹고도 꺾일 줄 몰랐다. 고3 시절 태은이 야간자율학습을 끝내고 집으로 돌아온 어느 날, 집 안의 불이 전부 꺼진 채 고요했던 날. 태은은 오랜만에 홀로 남겨진 자유를 느끼며 교복도 벗지 않고 책상 앞에 앉아 비틀즈의 「Hey Jude」를 흥얼거렸다. 그날 등하교를 같이하던 같은 반 남자애가 태은의 옆자리에 앉더니, 좀 사는 애들만 가질 수 있었던 mp3의 이어폰 한쪽을 건넸다. 이어폰을 받아 귀에 낀 태은은 폴 매카트니가 귓가에 속삭이듯 불러주는 노랫소리와 혹여 이어폰이 빠질까 바짝 붙어 앉은 그애 때문에 잠시 숨을 참아야 했다. 헤이 주드, 너무 아파하지 마. 슬픈 노래를 듣다보면 좀 나아질 거야. 그 시절 태은은 잘 웃고 사람들과 섞이길 좋아하는 아이여서, 하굣길에 친구와 둘만 남으면 울적한 말투로 자기 이야기를 꺼낼 줄도 알았다. 태은은 그애에게 자긴 꼭 서울에 있는 학교에 가야 한다고, 어떻게든 대전에서 탈출해야 한다고 말한 적이 있었다. 그애는 왜 그래야 하는 거냐고 묻는 대신, 자긴 방학마다 서울에 있는 아빠 집에 간다고, 대학에 가면 태은에게 한강과 63빌딩을 구경시켜주겠다고 말했다. 태은은 은연중에 자신의 사정을 들킨 게 아닐까 걱정되면서도, 다정한 그 마음과 서울에 대한 기대로 가슴이 울렁거렸다.

똑똑.

화들짝 놀란 태은은 노래를 멈추고 귀를 기울였다.

"은아."

똑똑.

소리가 들린 곳은 태은의 방에 작게 딸려 있는 다용도실이었다. 계절 지난 옷이며 빈 화분, 곰솥 같은 걸 처박아둔 다용도실 문에 못 보던 자물쇠가 달려 있었다. 태은은 문을 두드렸고, 울었고, 욕을 했고, 장도리로 자물쇠를 뜯어내 탈진 상태의 엄마를 꺼냈다. 엄마가 주전자에 눈 오줌을 비우고 피 묻은 엄마의 머리카락 한 움큼을 티슈에 모아 휴지통에 넣었던 그날 이후, 태은은 김재성이 요청한 라면을 끓이거나 정수기 위에 놓인 김재성의 캡슐형 영양제를 볼 때 '여기에 쥐약을 좀 넣어볼까?' 진지하게 고민하기 시작했다. 그 고민은 대전 소재 대학교에 진학해 편입 시험을 준비하는 동안 실제 계획으로 구체화되었으나, 다행히도 실행에 옮기기 전 김재성은 췌장암을 판정받고 투병 4개월 만에 죽어주었다.

죄가 많아 후회도 많을 사람이라며 엄마의 고집으로 김재성의 사십구재를 지내던 날, 스물셋 태은은 오열하는 엄마의 어깨를 붙잡고 김재성의 위패에 적힌 '행효녀 김태은 복위'라는 글자를 뚫어지게 쳐다보며 환하게 울었다. 그날 아침 태은은 희망하던 서울 시내 4년제 사립대에서 편입학 합격 통보를 받았다. 그러자 모든 게 끝났다는 실감이 들었다. 엄마는 제 꼬리를 무는 뱀처럼 서로 지독하게 물고 물리던 김재성에게서 벗어났고, 자신은 더 큰 목표를 위해 나아갈 수 있게 되었다고. 태은은 홀로 선 엄마를 위해 자신의 시간과 에너지를 아낌없이 쏟았다. 김재성이 남긴 빚과 저축, 보험을 정리했고, 김재성의 귀신도 찾아오지 못하게끔 이사할 집을 구하러 다녔다. 어색한 새집에서 엄마가 김재성을 부르며 서럽고 사납게 울어도 군소리 없이 위로했다. 동사무소에서 운영하는 노래교실을 등록해주었고, 주말마다 목욕탕에 끌고 갔으며, 엄마가 취득할 수 있을 만한 국비지원자격증을 알아보았다. 태은은 그게 한번도 귀찮지 않았다.

"자냐?"

태은이 대답하지 않자 엄마는 아예 태은 쪽으로 돌아누워 뒤통수에 대고 주절주절 말을 이었다. 서울이 땅은 좁은데 사람은 많아서 야박하기 그지없는 도시라고는 들었지만 우리 태은이 집이 이렇게 작을 줄은 몰랐다며, 이렇게 누워 있자니 꼭 너 어릴 때 살던 신흥동 새장집이 떠오른다고, 그땐 몸이 젊어 고생이 고생인 줄도 모르고 손등이 갈라져 터지도록 일했었다 말하며 흐르는 눈물을 훔쳤다. 그러고는 집게손가락으로 태은의 등을 아프게 찔렀다.

"에미가 우는데 쳐다도 안 보고."

태은은 이제 더는 알고 싶지 않았다. 2년간 공부했던 회계사 시험을 접고 세무사 시험을 보기로 마음먹은 뒤, 태은은 엄마와 며칠 시간을 보내려 캐리어에 짐을 싸 대전 집으로 갔다. 현관을 열고 집으로 들어갔을 때 태은은 어쩔 수 없이 당황했다. 엄마에게 만나는 사람이 있다는 건 알았지만 살림을, 그것도 엄마 집에서 차린 줄은 모르고 있었고, 가겠다고 연락했을 때도 엄마에게 전해 들은 것이 없었기에 태은은 낯설어진 집을 한바퀴 둘러볼 수밖에 없었다. 태은이 서둘러 들어간 방에는 아저씨 것으로 보이는 낚시용품과 거대한 드럼이 자리를 차지하고 있었고, 거실로 나온 태은은 티브이 위에 걸린 엄마와 아저씨의 웨딩 사진을 쳐다보지 않기 위해 애썼다. 자신이 고른 노란색 3인용 소파에 상전처럼 앉아서 태은에게 말 한마디 걸지 않고 티브이를 보는 아저씨와 주방에서 땀을 흘리며 뭔가를 끓이던 엄마. 온 집에서 진동하던 그 익숙한 냄새. 아저씨 앞에만 놓인 희고 진한 국물. 엄마는 식사를 마친 뒤 곧바로 집을 나서려는 태은을 붙잡고 아저씨한테 용돈 보내주셔서 감사하다 말하라고 재촉했다. 태은이 놀라 엄마가 벌어서 보내준 게 아니었냐고 묻자 그런 게 뭐가 중요하냐고, 감사하다고 하라고, 이 계집애야 그냥 하라면 좀 하라고.

"은아, 주말에 서산 절에 가자."

"내가 거길 왜 가."

엄마는 또 한번 태은의 등을 쿡 찔렀다.

"하나 있는 딸이 제삿밥 한번 안 챙기니 아버지가 한지고 원 져서 너를 시험에 자꾸 떨어뜨린다잖아."

"저주를 해라, 저주를. 그놈의 밥 타령은 아주 죽어서까지."

엄마는 불효녀 어쩌고 하면서 구시렁대더니 머리를 긁적이다 말을 꺼냈다.

"나 자꾸 까먹네. 너 합격 발표가 언제라고 했지?"

*

그날 밤 태은은 거의 맨바닥에서 베개만 베고 잤다. 자리가 바뀌니 잠이 오지 않는다던 엄마는 태은을 등지고 눕자마자 코를 골았고, 태은이 뒤척이는 새벽 내내 한번도 깨지 않았다.

엄마는 노트북으로 틀어준 실시간 방송을 보며 시간을 보냈다. 태은이 나갈 때 틀어놓은 TV조선 채널이 퇴근하고 와서도 고정되어 있었다. 김치 한 통과 계란, 소주만 들어 있던 냉장실은 엄마가 만들어둔 나물이며 조림 같은 밑반찬들로 가득 찼고, 언제 산 건지 기억도 나지 않는

만두와 메로나 한개가 전부였던 냉동실엔 쓰임에 맞게 잘라 소분한 파와 양파, 얼렸다가 반듯하게 자른 다진 마늘이 들어 있었다. 태은이 새벽에 퇴근해 집으로 돌아오면 엄마는 부스스 일어나 태은이 먹을 찌개를 데우고 반찬들을 꺼내 상을 차렸다. 알아서 꺼내 먹을 테니 그냥 두라고, 제발 자라는 태은의 만류에도 엄마는 고집스레 상을 차렸다. 샤워하고 나온 태은이 어색해하며 밥을 먹는 동안 엄마는 낮에 널어둔 빨래를 걷고 공간을 차지하고 있는 건조대를 접었다. 태은은 핸드폰을 열어 수험생 카페에 들어가 '올해 커트라인 딱 정해준다'라는 게시글을 클릭했다.

"저건 필요한 거냐? 다 쓴 거던데."

빨래를 개키던 엄마가 바벨탑처럼 위태롭게 쌓인 태은의 노트들을 가리키며 물었다. 자신이 투자한 시간을 눈으로 보고 싶다는 생각에 모아둔 것들이었다. 합격하면 문제집과 함께 노트들을 높이 쌓아놓고 기념사진이라도 하나 남겨둘 요량이었다. 처음 쌓기 시작했을 땐 노트 한 권을 올릴 때마다 합격 기원 소원을 빌기도 했으나, 어느 순간부터는 아무 생각 없이 던지듯 노트를 쌓아두고 있었다.

"그냥 놔두는 거야."

"쓰레기면 갖다 버려야지 왜 그냥 놔둬. 뭐든 습관을 잘 길러야지, 습관을. 사람 다리 뻗을 자리도 없는 좁아터진 집구석에서."

태은은 대꾸하지 않고 다 먹은 그릇을 모아 설거지통으로 가져갔다. 고무장갑을 낀 태은이 물을 틀어 식기들을 씻고 있는데, 엄마가 뭐라 말하는 소리가 들려왔다. 태은은 수전을 잠그고 뒤돌아 물었다.

"뭐라고?"

빨랫감에 코를 박은 엄마가 태은을 노려보았다.

"냄새 난다고! 쉰내가 아주 뱄네, 뱄어. 너 세탁조 청소 언제 했냐."

태은은 이번에도 대꾸 없이 물을 틀어 식기를 헹구다가 어깨를 올려 코를 대고 냄새를 맡아보았다.

"늘상 향긋해야지 이년아, 쉰내 밴 아가씨한테 누가 장가오겠냐."

그날 모녀는 세탁기가 자신의 내부를 개운하게 씻어내는 소리를 들으며 잠자리에 누웠다. 태은은 엄마가 언제쯤 돌아갈지 물어보고 싶었지만 혹여 그 말이 엄마를 서럽게 만들까 싶어 관뒀다. 듣다보면 수치스러워지는 엄마의 잔소리는 여전했고, 그래서 혼자 조용히 소주를 마시며 하루를 마무리하고 싶기도 했지만, 53점에 노심초사하며 불안에 떠는 순간이 줄었다는 점은 나쁘지 않았다. 태은은 요즘 집으로 돌아가는 길이 전과 같지 않음을 느꼈다. 자길 기다리는 사람과 음식이 있다는 것이, 그 특별할 것 없는 찌개와 밑반찬에서 태은이 내내 찾던 고유하고 편안한 맛이 난다는 것이, 그걸 따뜻할 때 양껏 먹을 수 있다는 것이 행복하기까지 했다. 태은은 문득 이런 밥을 매끼 처먹으면서도 불만을 갖고 엄마를 낯선 곳에 버린 아저씨 생각에 열이 뻗쳤다.

"벼락 맞을 새끼."

엄마가 눈이 동그래져 태은을 쳐다보다가 말했다.

"사람이 워낙에 정직하고 솔직하다보니까 가끔 욱하기도 하는 거야. 그 아저씨 나 없으면 못 살아. 저래놓고도 이제 봐라, 울면서 싹싹 빈다."

듣자 하니 이랬던 적이 이번 한번은 아닌 것 같아, 태은은 엄마의 허세에 입을 꾹 다물고 천장을 바라보았다. 홧김에라도 자신과 함께 살자고, 엄마를 먹여 살리겠다고 말할 수 없는 자신의 처지에 화가 났다.

대학교 졸업을 한 학기 남겨두고 태은은 대기업 건설

사 재무팀에 인턴으로 입사했다. 6개월 뒤 운 좋게 계약직 사원으로 정식 출근하게 된 태은은 월급을 모아 엄마에게 명품 가방과 패딩을 사줬고, 엄마가 서울에 오는 날이면 5성급 호텔에서 잠을 자고 조식을 먹기도 했다. 그런데 입사 3년 차에 태은의 회사는 부실 경영으로 법정 관리에 들어갔다. 처음에는 비슷한 업계로 이직을 준비하려고 했지만 당시만 해도 건설업계 여직원의 8할이 계약직이었고, 그마저도 대부분이 결혼하면 잘렸으며, 8년 차에 겨우 주임을 단 베테랑 선배도 임신 사실을 들키면서 곧바로 해고당했다. 태은은 이직하는 대신 퇴직금으로 전문직 시험에 도전하기로 마음먹었다. 회사 언니들은 태은의 퇴사 축하 파티에서 낮은 목소리로 말했다. 아직 20대라 좋겠다, 진심 부럽다.

3천 페이지쯤 되는 세법학 책에서 단 여덟 문제가 출제된다는 사실이 막막해질 때면, 태은은 구직 사이트를 기웃거렸다. 그러고 나면 경력을 쌓지 않고 공부하겠다 마음먹은 것이 세상 물정 모르고 부린 욕심이 아니었을지 자책하게 됐다. 처음에야 태은도 전문직 자체에 욕심이 나서 시작한 공부였지만, 공부를 할수록 국세청과 납세자 사이에서 세금의 항목을 해석하고 조율하는 세무사라는 직업이 자신과 꼭 맞다고 느꼈다. 세법학을 세바퀴 돌릴 때부터 눈에 들어왔던 물 샐 틈 없이 아름다운 논리의 언어들과 별별 희한하고 기발한 방식의 조세 회피 사례들, 계산기 속 숫자와 답안지 속 숫자가 일치했을 때의 환희…… 태은은 800원짜리 껌 한 통을 쥐면서도, 밤거리의 가로등 불빛을 보면서도 생각했다. 저기에 다 세금이 깃들어 있다. 이 세상 모든 곳에. 정확하고 신비로운 방식으로. 태은은 그것들을 알아버린, 알아버려 다시는 돌아갈 수 없게 되어버린 자신이 원망스러웠다. 잘못된 길을 선택한 것이 아니라 걷고 싶은 하나의 길을 알아버린 것이 문제였다.

나흘 정도 지나면 돌아갈 거라 생각했던 것과 달리, 엄마는 벌써 일주일째 태은의 집에 머물고 있었다. 못 견디게 지루했던 건지 엿새째 되던 날엔 청양고추 3킬로그램을 사다가 어디서 구한 건지 모를 김치통에 절여놓고는 울적한 목소리로 말했다.

"저 장난감 같은 냉장고엔 김치통이 안 들어가더라."

엄마는 종일 보일러를 틀어놓았고, 태은의 여름옷, 겨울옷을 몽땅 꺼내 빨고 말린 뒤 사이사이에 신문지를 끼워 정리해두었다. 살림만 하면 재미없으니까 동네도 한바퀴 돌고 커피도 마시고 오는 게 어떠냐는 태은에게 엄마는 힘 빠진 목소리로 답했다.

"내가 지금 제일 하고 싶은 게 살림이다. 이건 뭐, 소꿉장난도 아니고."

여드레째 날, 태은은 쉬는 시간에 사물함을 열어 핸드폰을 보았다. 새로운 메시지가 와 있어 확인해보니 엄마 번호로 '^^' 하고 맥락 없는 문자가 와 있었다. 전화를 걸었더니 엄마는 당찬 목소리로 집 근처 핸드폰 판매점에서 하나 장만했다고 말했다. 그날 집에 돌아온 태은에게 엄마는 말했다. 카페에 앉아 학생들이 눈이 빠져라 공부하는 모습도 구경하고, 포장마차에서 젊은이들 사이에 끼어 컵밥도 먹어봤다고.

"그걸 보니까 대한민국 미래만큼 밝은 것도 없더라."

그 말이 기묘하다고 느낀 태은이 고개를 갸웃거리자, 엄마는 다른 말을 꺼냈다.

"너 하는 그 일, 나도 하면 어떻겠냐?"

태은은 코를 찡그려 안경을 올리는 것으로 대답을 대신했다. 당황스러움과 거절을 간접적으로 표현하는 태은만의 제스처였다.

"가만 보니까 순옥이가 전에 그 일을 했다는 것 같은 거야. 창고 같은 데서 포장하고 바코드 찍고. 그거 맞지? 순옥이 걔가 하는 일이면 나도 할 수 있어."

"엄마 절대 못해. 힘들어."

단호한 태은의 말에 엄마는 허리를 곧추세우며 눈을 부라렸다.

"얘 봐라. 너야 힘쓰는 법을 몰라서 힘들지, 나 같은 사람 거기 데려다 놔봐. 너보다 잘할 거다. 나는 어딜 가도 마찬가지야. 500원을 받으면 천원어치를 해버린다는 각오로 해. 다들 나 보면 처음엔 그런다? 하실 수 있겠어요? 아무나 하는 일이 아닌데요? 나 일하는 거 딱 하루만 보지? 시장에서 30년 넘게 전 부친 할머니고 도배 기능사고 노가다 십장이고 죄다 내 입에 곶감 하나라도 더 넣어주려고 난리들이라 이거야."

"아, 알았어, 알았어."

태은은 너무 자주 들어 외울 수도 있을 것 같은 엄마의 레퍼토리에 고개를 흔들었다. 태은도 속으론 엄마의 곡진한 노동의 역사를 높이 샀지만 그걸 표현하진 않았는데, 그건 엄마가 '앉아서 일하는 사람들'을 시간 때우면서 돈 버는 사람 취급하는 것에 대한 불만 때문이었다. 그저께도 엄마는 모 기업이 주4일 근무를 추진한다는 뉴스를 보더니 피식피식 웃고는 자긴 쉰 넘어서까지 아홉시간 내내 서서 주말도 없이 일했다며 혀를 찼다.

"젊은것들이 그저 어떻게든 편해지려고, 결혼도 안 하고 애도 안 낳고 일도 안 하고들."

태은은 엄마가 자신 또한 그렇게 여기고 있으리라 생각했다. 나이 먹고 어떻게든 앉아서 하는 일을 직업 삼아 보려고 엄마 등골을 빼먹는 자식. 다음 날 출근하는 태은을 배웅하며 엄마는 다시 한번 굳히기를 했다.

"팀장님한테 내일은 엄마랑 오겠습니다, 말하고. 엄마 이력서도 꼭 불러주고."

태은은 출근길 셔틀버스 안에서 팀장에게 엄마와 자신의 지원서를 문자로 보냈다. 둘이 함께 일하고 싶다는 말도 덧붙였다. 피킹 파트엔 엄마 또래 사람들도 드물지 않았고, 자꾸만 집에 세숫대야만 한 채반이나 빨래 삶는 들통 같은 것들이 들어오는 걸 막고 싶기도 했다. 무엇보다 시간이 안 가는 게 얼마나 고문 같은지 아는 입장에서, 좁은 방에서 뭘 담그고 절이며 지루한 하루를 견딜 엄마가 안쓰러웠다.

*

먹고 자시고 할 시간이 없는 곳이라고 말렸음에도 엄마는 기어코 30분 일찍 서둘러 집을 나서서는 슈퍼에 들러 생수 두병과 알사탕 한 봉지, 껌 한 통을 샀다. 물은 거기서 준다고 말했는데 왜 샀느냐고 태은이 묻자 엄마는 네가 언제 그런 말을 해줬느냐고 법석을 했다. 엄마와 함께 배정된 센터는 태은이 늘 다니던 곳이 아닌 쌀의 고장으로 유명한 도시에 있었다. 셔틀버스에 오르며 엄마는 굳이 기사에게 행선지를 확인했고, 자리를 잡고 앉은 뒤에는 넓은 좌석을 두고 역시 큰 회사가 다르긴 다르다며 주변을 둘러보았다. 긴장한 듯 앞 좌석에 달린 손잡이를 붙잡고 있던 엄마는 앳된 얼굴들이 하나둘 버스에 오르는 모습을 보며 갑자기 신이 난 투로 말했다.

"아이고, 저렇게 생겨서 힘은 쓰겠냐!"

너무 큰 소리로 말해 주변의 시선이 방금 버스에 오른 남자에게로 향했다. 태은이 어깨를 밀며 눈치를 줘도 엄마는 계속해서 차에 오르는 사람들을 뚫어지게 쳐다보았다.

"됐다. 내가 3등은 하겠다."

"무슨 씨름대회 나가? 좀 진정해, 엄마."

태은의 다그침에 엄마는 좌석에 허리를 기댔다. 기분이 상했는지 몸을 통로 쪽으로 틀어 앉은 엄마를 본 태은은 좀 웃다가, 버스가 출발한 뒤 눈을 감았다. 태은이 한참 만에 깜짝 놀라 눈을 뜬 건 임영웅의 노랫소리가 들려서였다. 태은은 유튜브가 재생되고 있는 엄마의 핸드폰을 빼앗아 소리를 죽였다.

"공공장소에서 이렇게 들으면 안 돼 엄마. 다들 조용히 가잖아."

엄마도 망설이다 틀었던 건지, 풀 죽은 목소리로 대답했다.

"다들 매가리가 없길래…… 영웅이는 누구나 좋아하니까."

태은은 주머니에서 이어폰을 꺼내 자신의 핸드폰에 연결한 다음, 유튜브에서 '임영웅 라이브 7시간 연속'이라는 제목의 영상을 틀어서 엄마에게 내밀었다. 엄마는 매우 만족스럽다는 듯 허공에 '따봉'을 찌르고는 고개를 까딱거리며 음악을 느꼈다. 사랑 어쩌고 하는 노랫말을 작게 읊조리던 엄마가 살며시 몸을 틀어 태은의 팔을 톡톡 두드렸다. 창밖을 보며 생각에 잠겨 있던 태은이 고개를 돌렸다.

"은아. 우리 둘이 이렇게 사는 것도 재밌겠다, 그치?"

엄마는 그렇게 묻곤 자문자답하듯 고개를 끄덕였다. 불쑥 건너온 그 말에 태은은 고개를 돌린 채 생각에 잠겼다. 엄마가 수험 생활 내내 매달 5일 칼같이 입금해준 생활비나, 시험 결과에 대한 무관심으로 부담을 덜어준 것이 고맙고 미안했다고, 그래서 자기 자신에게 더 화가 났다고 고백하고 싶었다. 하지만 태은은 아무 말도 하지 못한 채 '이렇게 사는 삶'에 대해 생각했다. 마음 편히, 우리 둘이 재밌는 거. 태은이 골백번을 넘게 상상하다 끝내 경계하고 도리질 쳤던 거. 엄마가 다시 태은의 팔을 두드렸다.

"태은아. 류계영이의 「인생」 한번 틀어줘봐."

도크장에 둥그렇게 모인 야간 3조의 총원은 73명이었다. 보안검색대를 통과해 도크장에 도착할 때까지 엄마는 말이 없었다. 끝이 보이지 않을 정도로 높게 쌓인 선반의 물건들과, 팔레트를 떠서 옮기는 지게차들, 놀이공원을 연상하게 하는 레일을 좇아 엄마의 시선이 바쁘게 움직였다. 옆에 선 태은 역시 긴장하고 있었는데, 사람들이 해다 나르는 물품마다 무게가 나가는 것들인데다 소형 물품을 넣는 도트 바구니 대신 주로 무게가 나가는 짐을 싣는 롤

테이너만 즐비했기 때문이었다. 감시자인 '조끼'들도 화내거나 재촉하는 대신 안전제일을 외치고 있었다. 태은은 그 점이 제일 불길했다. 팀장이 조를 나누었고, 태은과 엄마는 3.5층 메자닌에 배정받았다. 먼저 이름이 불린 메자닌 조의 사람들 중 몇몇이 '아' 하고 짧게 탄식하는 소리를 들었기에 태은은 낌새가 좋지 않다고 느끼며 뒤에 선 엄마를 돌아보았다. 엄마는 비장한 표정으로 후라보노를 까 메자닌 사람들에게 하나씩 건네고 있었다.

무슨 일이건 끝장나게 해낸다던 처음의 자신감과는 달리 엄마는 무척 긴장한 모습이었다. 오랜만에 몸 쓰려니 입이 마른다며 자기 몫의 생수를 다 마시고는 태은의 것도 빼앗아 마시다가 껌까지 삼켜 캑캑거리기도 했다. 태은은 엄마를 안심시켰다. 너무 열심히는 말고, 적당히 눈치 봐가면서 하면 된다고. 하지만 작업이 시작되고 한시간 만에 엄마는 메자닌 1조의 구멍이 되어 있었다. PDA로 상품의 바코드를 찍어 화면 속 문구에 따라 비닐 혹은 박스 포장을 한 다음, 지역별로 나뉜 도트에 넣고 올바른 배송함에 들어갔는지 확인하는 작업은 태은의 입장에선 단순한 일이었는데, 엄마는 PDA에서 조금이라도 낯선 문구가 뜨면 레일과 도트 사이를 뛰어다니는 태은을 붙잡아 세웠다.

"이건 새벽 배송 물건이니까 빨리 하라는 뜻이야. 그냥 빨리 하면 돼, 엄마."

"그건 아는데, 이게 아무리 눌러도 없어지지가 않아."

엄마는 PDA 화면 속 메시지 창을 손가락으로 거듭 눌렀다.

"여기 작게 엑스 표시 있잖아. 여길 눌러야지."

엄마는 메시지 창이 사라진 PDA 화면을 보며 고개를 갸웃거렸다. 태은은 속이 탔다. 메자닌은 레일이 하나뿐이라 몸을 많이 움직여야 했고, 조끼들도 닦달이 심해 조원 모두 경직된 분위기였다. 엄마가 또다시 태은에게 주춤주춤 다가왔을 때, 태은은 엄마의 손에서 PDA를 낚아챘다.

"또 뭐. 여기 주소지 뜨잖아."

"아니, 그게 아니라,"

엄마는 태은을 흘겨보고는 조끼에게 다가갔다. 그러나 오래 걸어갈 필요도 없이 조끼가 엄마를 향해 오고 있었다. 엄마는 그를 환한 미소로 맞으며 다급하게 물었다.

"나 화장실 좀 다녀와도 될까요?"

메자닌층엔 화장실이 없다는 걸, 한번 화장실에 가려면

넓은 센터를 뛰어 계단을 내려가야 하고 다시 돌아오는 시간까지 계산하면 최소 10분은 걸린다는 걸 태은은 그때 알게 되었다. 조끼는 화장실 위치를 알려주고는 말했다.

"두분 핸디 주세요."

그는 엄마의 PDA 속 완료 품목 개수를 확인하고는 태은을 노려보았다. 처음 온 사람이 좀 느릴 수도 있지, 뭘 저렇게까지 무게를 잡나 싶어 태은은 화가 났다. 하지만 화장실을 향해 저만치 달려가고 있는 엄마의 뒷모습에 아무 말도 할 수 없었다.

"어머니 따라서 화장실 갔다가, 여기로 오지 마시고 같이 5층으로 가세요."

태은은 '어머니'라는 말에 자기도 모르게 귀가 붉어진 채 엄마를 쫓아 달려갔다. 뒤에서 조끼가 어딘가로 무전을 치는 소리가 들려왔다.

*

"개자식."

5층에 도착한 태은은 자기도 모르게 중얼거렸다. 엄마는 힘쓰는 게 차라리 낫다며, 너는 뭐 이만한 일로 욕설을 하고 그러느냐고 핀잔을 줬다. 5층은 중량품층이었다. 3년째, 매년 꼬박 3개월을 물류센터에 나가면서 태은이 이번처럼 많은 쌀을 옮긴 건 처음이었다. 쌀을 옮긴 다음 돌아서서 다시 쌀을 마주할 때면 저절로 욕이 나왔다. 하지만 쌀의 연속은 차라리 귀여운 수준이었다. 소파나 책장이 나타나면 들기도 전에 힘이 빠지는 것 같았다. 몇개 넘기지도 못했는데 등허리가 땀으로 젖고 짜증이 나다 못해 서러웠다. 그럼에도 제 몫을 하려 태은과 엄마는 악을 쓰듯 움직였다. 그 모습이 보기 안쓰러웠는지, 공학박사처럼 생긴 희멀건 청년 하나가 다가와 태은에게 요령을 알려주었다.

"그렇게 하면 허리 다치시고요, 배에 힘 주시고요, 물건은 최대한 몸에 바짝 붙이시고요, 원심력을 이용해서 던지듯이 내려놓으시고요."

공학박사가 '고요' 할 때마다 입에서 단내가 풍겼다. 태은은 자신에게서도 비슷한 냄새가 날 거란 생각에 대답 대신 고개를 끄덕였다. 한시간 넘게 비지땀을 훔치며 태은보다 더 잘해내고 있던 엄마는 잠시 허리를 펴 시선을 멀리 두고는 말했다.

"가만 보니까, 그 싹수 새파란 새끼가 너랑 나를 팔열지

옥으로 전학 보냈네."

엄마의 말에 청년들이 웃었고, 태은은 놀라 엄마를 쳐다보았다. 분노한 엄마의 시선이 머문 곳엔 킹사이즈 매트리스가 있었다.

한참을 기계적으로 몸을 움직이던 태은이, 문득 허전하다는 생각에 허리를 펴 주변을 두리번거렸다. 시야를 가리고 있던 지게차가 적재된 물건을 떠서 사라지자 구석에 앉아 있는 엄마의 모습이 드러났다. 엄마는 물건을 중심으로 빙빙 돌며 랩핑을 하는 사람들 옆에 쪼그리고 앉은 채, 조끼가 눈치를 주건 말건 핸드폰을 확인하고 있었다. 엄마를 부르려는 태은을 청년들이 말렸다.

"두세요. 아까 저희보다 훨씬 많이 하셨어요."

어느 틈에 돌린 건지, 공학박사를 포함한 청년 모두 엄마가 아침에 산 알사탕을 입에 물고 있었다. 한참 농땡이를 치던 엄마는 태은이 혼자 전신거울을 옮기는 것을 보고 종종걸음으로 달려왔다. 박스의 옆구리를 잡은 엄마가 주변의 눈치를 살피며 태은에게 속삭였다.

"태은아, 우리 도망가자."

태은이 빨간색 '파손주의' 스티커 옆에 얼굴을 붙인 채 게걸음을 걷는 엄마의 얼굴을 흘겨보았다.

"가긴 어딜 가. 일당 안 받을 거야? 지금 누구 때문에 여기 와 있는데."

"모질다, 모질어. 난들 알고 그랬냐? 몸뚱이가 안 받쳐주는 걸 어떡해."

태은은 롤테이너에 거울을 실은 뒤 엄마를 지나쳐 선반을 향해 뛰어갔다. 센터의 구간마다 노동 강도가 어떻든 도망치는 사람들은 늘 나왔다. 태은은 "여기 원래 이러느냐"라는 말을 열번쯤 하다가 허리 통증을 핑계로 조퇴하거나 내내 실수만 하다 식사 시간에 슬그머니 사라지는 사람들을 자주 보았고, 그들을 비겁하고 한심하다 여겼다. 태은은 절대 그들처럼 되고 싶지 않았다. 모녀를 중량층에 배정하곤 못 버티고 도망치길 바랐을 그 인간이 얄미워서라도 버텨야 했다. 조끼들이 호루라기를 불어 야간조의 식사 시간을 알렸다. 흩어져 있던 사람들이 출구를 향해 달려갔고, 엄마도 목장갑을 벗어 주머니에 넣고는 초점이 사라진 눈빛으로 태은을 바라보았다. 태은은 달려가는 사람들의 뒷모습을 잠시 지켜보았다. 그러곤 엄마의 주머니에서 삐져나와 있는 목장갑을 꺼내 자신의 것과 함께 선반 아래로 던져버렸다.

"집에 가자, 엄마."

그 말에 푹 꺼진 눈에 생기가 돈 엄마가 소녀처럼 히죽거리며 태은의 팔짱을 꼈다. 태은은 팔짱에 힘을 주었다. 그냥, 그냥 한번쯤 도망쳐보면, 맞고 갇히고 쫓겨나는 와중에도 한번을 도망치지 않은 엄마도, 엄마가 도망치자고 청할 것을 기다리면서 아무것도 하지 못했던 자신도, 포기하고 싶은 마음을 감추려 남을 비웃었던 것도 다 용서할 수 있을 것 같았다. 두 사람은 덜덜 떨리는 허벅지로 계단을 성큼성큼 뛰어 내려갔다. 1층에 도착해 어지럽게 돌아다니는 지게차들을 피해 도크장 바깥으로 탈출했다. 서늘한 새벽 공기가 상쾌했다. 막상 뛰쳐나온 다음 태은은 하차장의 출구를 찾지 못해 한참을 두리번거렸다. 사람을 제외한 모든 것이 높고 큰 곳이었다. 들어왔던 곳을 향해 걸으면 출구가 나올 거란 판단으로 태은은 앞장섰다. 모퉁이를 돌았고, 높은 울타리를 두른 막다른 곳이 나타났다.

"태은아, 여기!"

울타리와 벽 사이에 좁게 트인 길이 보였다. 엄마는 여기다 싶었는지 허리 높이의 경계석을 냅다 뛰어올라 태은에게 손을 내밀었다. 그걸 붙잡고 올라선 태은은 핸드폰 손전등을 켜 길을 비췄다. 산길이라고 하기엔 나무가 모자랐고, 언덕이라고 하기엔 꽤 가팔랐다.

"여기가 맞을까 엄마?"

"이게 개구멍이 아니면 산책로겠냐."

엄마는 자신있게 걸어 올라갔다. 태은도 하는 수 없이 뒤따랐다. 이따금씩 오른쪽 방음벽 너머에서 쌩쌩 달리는 차 소리가 들려왔다. 태은은 손으로 무릎을 짚으며 후들거리는 하체를 지탱한 채 오르고 또 올랐다. 차 소리가 사라지며 어느새 사방이 고요해졌다. 문득 아까부터 궁금했던, 어떤 의문 섞인 옛 기억에 대해 태은이 입을 열었다.

"엄마, 김재성 위패 있는 절 말이야."

엄마는 잠시 걸음을 멈추고 숨을 골랐다.

"그렇게 부르면 뭐가 달라지냐? 너도 참 너다."

그러곤 마른나무 둥치에 잠시 기대어 젠장, 쉬운 일이 하나도 없다고 중얼거렸다. 태은도 걸음을 멈추고 엄마 곁에 섰다.

"아니, 그 위패 있는 데 걸려 있던 그림 있잖아."

태은이 명부전 벽면에 그려진 기묘한 불화(佛畫)에 대해 설명했다. 지옥에 있는 모든 중생을 구제하겠다 다짐했지만 심란한 표정만은 숨길 수 없는 지장보살과, 그 옆에서 엄한 얼굴을 하고 있는 염라대왕, 소와 돼지가 인간처럼 긴 팔다리를 한 채 도망치는 인간들의 뱃속에서 창자를 꺼내고, 도깨비 사신들이 목에 칼을 쓴 인간들의 혀를 빼 두드리고, 기둥에 목줄이 매인 인간들은 머리 위에 바위를 인 채 끝없이, 끝없이 원을 그리며 돌고.

"그것이 지옥도야. 원래 명부전에는 지옥도가 있어."

엄마는 신경이 다른 데 쏠린 사람처럼 건성으로 대꾸하곤 다시 오르막을 향해 가기 시작했다.

"그건 아는데, 고문당하는 사람들 표정이 말이야, 다들 웃고 있잖아. 난 왜 그런지 예전부터 궁금했거든."

엄마가 흐흐, 하고 알 만하다는 듯 웃었다.

"반가운 사람이라도 만났나보지."

지옥에서 만났을 때 반가울 사람이라, 태은이 골똘히 생각하다 히죽거리며 뭐라 말하려던 순간, 앞장서 걷던 엄마가 성큼성큼 보폭을 넓히기 시작했다. 태은도 엄마를 따라 뛰었다. 곧 언덕의 정상에 도착한 두 사람은 주변을 한바퀴 둘러보았다. 뒤로는 산을 끼고 앞으로는 8차선 도로를 둔 언덕은 탈출구라기보다는 전망대에 가까웠다. 사방이 망망대해 밤바다 같은 가운데, 방금 떠나온 물류센터만이 섬처럼 빛나고 있었다. 태은이 입을 벌린 채 넋이 나가 있는데 엄마는 곧 답을 찾았다는 듯 맞은편 내리막을 굽어보고 박수를 쳤다.

"이리 내려가면 고속도로 쉼터다."

"택시가 여기까지 와줄까?"

태은은 막막한 심정으로 엄마가 가리킨 방향을 굽어보았다.

"아저씨가 데리러 온대. 너도 같이 타고 가자. 대전에 있으면서 며칠 쉬다 가."

그 목소리에 일말의 거리낌이 없어서, 태은은 돌아서 엄마를 멍청히 바라보았다. 엄마가 작업 중에 들여다보던 핸드폰, 자신 있게 뱉은 튀자는 말. 그것들이 서서히 한데 모여 둥그렇게 원을 그렸다. 태은은 그 원의 바깥에 선 채 우두커니 서 있을 수밖에 없었다. 모든 것이 변한 대전 집을 둘러보던 순간처럼. 이윽고 태은의 입에서 참아왔던 말들이 쏟아졌다.

"엄마 진짜 속없다. 그 집에 그렇게 다시 가고 싶어? 김재성이랑 똑같은 인간이랑 같이 살고 싶어 죽겠어?"

숨죽이고 듣던 엄마가 무언가에 씐 사람처럼 차갑고 분명한 목소리로 답했다.

"너도 계속하잖아."

진동이 울렸다. 엄마는 메시지를 확인하려 핸드폰에 시

선을 둔 채 말했다.

"잘난 척하지 말어. 매달 60씩 7년 8개월. 나 그거 여태껏 한마디도 안 했다."

땀이 식으며 등줄기가 서늘해졌다. 태은은 어깨를 살짝 떨며 엄마를 바라보았다. 엄마가 태은을 향해 환하게 웃었다. 그러곤 태은에게 다가와 허리춤을 꽉 끌어안고서 속삭였다.

"우리 서로 파이팅 하는 거야."

아주 가벼운 물건이 된 것처럼 엄마 품에 안겼다가 풀려난 태은이 슬며시 뒤로 물러났다. 태은은 미련없이 뒤돌아 떠나는 엄마를, 그녀의 발에 꿰어진 자신의 하얀색 운동화를, 어둠에 묻혀 완전히 사라질 때까지 바라보았다.

태은은 언덕의 가파른 내리막이 시작되는 지점에서 나무를 붙잡고 어디로 갈지 고민했으나 그 순간은 아주 잠깐이었다. 나무를 붙잡은 손을 놓은 태은은 몸을 틀어 조심스레, 떨리는 다리로 내리막을 향해 내디뎠다. 한 발, 한 발, 경련하는 허벅지를 뒤꿈치로 지탱하며 외줄 타듯 또 한 발. 그러다 태은은 도저히 어찌하지 못하겠는 자신의 풀린 다리를 놓아주곤 묶여 있던 쇠사슬이 끊긴 듯 경사로를 달려 내려가기 시작했다. 다다, 다다다, 다다다다다다다다. 그 모습은 꼭 공중에 한뼘쯤 떠서 날아가는 것 같기도, 어둠 속 구덩이로 신나게 빨려 들어가는 것 같기도 했다. 태은의 목에서 칵카학, 학학, 웃음과 숨이 섞인 거친 소리가 비어져 나왔다. 이제 그만 멈춰야 한다고 태은이 생각했을 땐 이미 스스로 제어할 수 없는 속도로 쏟아지는 중이었고, 넘어지지 않기 위해 할 수 있는 거라곤 내리막을 달려 곤두박질치는 일뿐이었다.

# 으름 씨 뱉기

채림이 엄마에게 받은 선산의 주소는 부안군 안평리 산21번지였다. 그러나 산의 주소라는 게 그렇듯 등기 서류에나 적힌 문자일 뿐 그곳으로 가는 정확한 지표는 되지 못해서, 근방에 이른 후로는 엄마가 말해준 모호한 설명에 의지해 길을 찾아야 했다. 채림이 '왕천 손두부' 간판을 발견하려 차창 가까이 얼굴을 댄 것도, 그러다 현우에게 좀 천천히 가라고 윽박을 지른 것도 그런 이유였다.

"다 보면서 가고 있는데 왜 짜증이야. 이런 도로에선 서행이 더 위험한 거 몰라?"

채림은 어이가 없어 헛웃음이 나왔다. 차는 평범한 국도를 달리고 있었고 먼저 이유 없이 짜증을 낸 쪽은 현우였다. 엄마의 배웅을 받으며 시골집을 나선 뒤 운전해 오는 내내 현우는 한마디도 하지 않다가, 딸 지수가 뒷좌석에서 잠들어버린 게 채림 탓이라는 듯 이제 어떻게 데리고 올라갈 거냐고 쏘아붙였고, 그나저나 너 성묘 한번이라도 가본 적 있느냐고, 나는 대학 가기 전까지 평생을 소창리 시골에 살았어도 제사 한번 지내본 적 없어서 잘 모르겠다고, 그런 구시대적인 건 다 사라진 줄로만 알았다면서 채림의 신경을 긁었다.

"그렇게 맘에 안 들면 네가 7억 3천 만들어보든가."

"넌 내가 귀찮아서 이러는 것 같냐?"

그렇게 말한 현우가 속도를 늦추더니 부드럽게 핸들을 틀었다. 가드레일이 끊어진 지점을 발견한 거였다. 좁은 비포장도로를 지나자 엄마의 설명대로 '안평교'라고 적힌 표지석이 나타났다. 다리를 지나자 나타난 민가들을 보며 채림은 어깨의 긴장을 풀었다.

"저기, 저게 왕밤나무 같은데."

현우가 채림이 가리킨 개울 너머 나무를 바라보았다.

"왕은 아닌데?"

"저만하면 왕이지, 뭐 바오밥나무만 해야 돼?"

현우는 불퉁거리면서도 채림이 손짓한 나무 쪽을 향해 나아갔다. 또다시 마을과 마을을 잇는 작은 다리를 건너자 왕밤나무 아래 넓은 노지가 나왔고, 현우는 전진과 후진을 반복하며 차가 빠져나가기 쉽도록, 잠든 지수가 깨지 않도록 조심히 주차하며 구시렁댔다.

"장모님한텐 한마디도 못하면서 나한테는 잘만 소리 지르지."

현우가 시동을 끄자마자 채림은 대꾸 없이 차에서 내렸다. 하늘은 구름 한점 없이 맑았고, 숨을 크게 들이마시자 엄마 집에서부터 주눅 들어 있던 마음이 펴지는 것 같았다. 근처에서 할머니들이 밤을 줍는 게 보였다. 삐진 채 차에서 내리지 않고 있던 현우는 채림이 뒷좌석 문을 열고 지수를 안아 들자 얼른 내려 등을 내밀었다.

"영리하게 살아야 된다며,"

채림은 칭얼거리는 지수를 현우의 등에 업히며 말을 이었다.

"성묘 한번에 7억 3천이 나오는데, 그깟 비위 좀 맞추는 게 대수야?"

현우는 등에 업은 지수를 어르며 한풀 꺾인 목소리로 어디쯤인지 기억이 좀 나느냐 물었다. 트렁크에서 성묘 용품들이 담긴 가방을 꺼내 어깨에 멘 채림은 빙글 돌아 마을을 한바퀴 둘러보았다.

"전혀 모르겠는데."

그러곤 주머니를 뒤져 엄마가 종이에 그려준 약도를 꺼내 펼쳤다.

*

채림이 명절에나 찾아가던 전주의 고향집에 간 건 목적이 있어서였다. 원래는 지난 추석에 그 이야기를 꺼내려고 했지만, 엄마가 채림에게도 알리지 않고 지난여름에 무릎 인공관절 수술을 했다는 사실을 알게 되는 바람에 돈 이야기를 꺼낼 수 없었다. 엄마 집에 머문 지 이틀째 되던 날, 지수는 서재에 틀어박혀 돌아가신 채림 아버지의 옥편을 보물 다루듯 읽고 있었고, 엄마와 채림과 현우는 뉴스를 보며 과일을 집어먹던 참이었다. 채림이 현우와 눈빛을 주고받고 있는데 엄마가 리모컨을 들어 볼륨을 줄였다.

"할 말 있으면 해라."

채림은 포크를 든 채 긴장한 연사처럼 준비한 말을 꺼냈다.

"우리가 미국으로 이민을 가려고 하거든……"

엄마는 깊은 한숨을 내쉬며 소파에 허리를 기대고 눈

을 감았다.

“이게 투자이민이라고, 정말 좋은 기회로 자격이 맞아서 가게 되는 거라, 지금 신청해도 일년 반은 걸리거든? 아무튼, 미국 영주권 자격이 생기는 건데, 미국 정권이 바뀌면 조건이 또 어떻게 달라질지 몰라서 급하게 진행을 해야 되는데,”

현우가 채림의 팔을 잡고는 이어서 말하기 시작했다.

“장모님, 청림학원 아시죠? 거기 대표가 진행하는 투자이민 사업에 들어가는 거예요. 일종의 얼리버드 개념이 있어서 이제 시간 지나면 이 투자 못 들어가요. 투자 원금의 60프로까지 보장되고요, 저는 시애틀 지사 발령 신청 미리 해뒀고, 투자다보니 초반에 목돈이 들긴 하는데 배당 수익이 안정적이고 미국은 학비도 저렴해서 채림이랑 지수 고생할 일 없어요 장모님.”

눈을 꾹 감고 인상을 쓴 채 두 사람의 말을 듣던 엄마는 팔짱을 끼더니 물었다.

“그래서?”

그러곤 실눈을 뜬 채 채림을 바라보았다. 채림은 마른 침을 삼켰다. 현우네 부모님이 논을 담보로 농민 우대 대출을 받아 주신 돈이 8천. 지금 살고 있는 아파트 전세 보증금을 빼서 은행 대출 갚고 나면 6억 2천. 그러고도 4억의 돈이 더 필요하다고 채림은 말해야 했다. 하지만 엄마의 눈빛을 본 순간 입이 굳어 열리지 않았다.

"돈 내놔라?"

채림이 손사래를 쳤다.

"아니 엄마 그런 게 아니라요, 달라는 게 아니라 빌려달라는 거고,"

"죄송합니다. 제가 이것저것 알아보느라 시간이 촉박해졌습니다 장모님."

엄마는 소파에서 등을 떼고 현우를 노려보았다.

"자네 왜 자꾸 채림이 말을 끊나? 집에서도 그러나?"

현우가 고개를 푹 숙이자 엄마는 앓는 소리를 내며 리모컨을 들어 티브이를 껐다. 그러곤 채림이 손에 쥔 채 꼼지락거리고 있던 포크를 빼앗더니 채림의 등을 세차게 후렸다.

"얘가 지수도 안 하는 짓을 하고 있어. 너 똑바로 말해. 추석에 왔을 때 나 토지보상금 받은 거 알았잖아. 그거 달라는 거 아냐? 나 죽으면 어차피 네 건데 이왕 줄 거 좀 일찍 내놔라 그거잖아."

채림은 고개를 푹 숙인 채 닭똥 같은 눈물을 떨궜다. 그 모습에 엄마는 답답해 죽겠다는 듯 가슴을 치고는 집게손가락으로 채림의 턱을 들어올렸다.

"너도 지수 낳아보니까 알겠지? 환경이 얼마나 중요한지. 내가 너 유학 가라고 노래를 불렀던 게 다 부모 마음이야. 그렇게 유학 가서 공부하다 유학생 만나 결혼했음 좀 좋아? 지수 하나 똘똘하게 잘 낳아서 나 같은 마음고생은 안 해도 되니 그게 네 유일한 복이다."

엄마는 죄인처럼 고개를 숙인 채림과 현우에게 토지보상금 7억 3천을 전부 증여하겠다고 했다. 그러면서 내건 조건은 하나. 채림의 가족이 성묘를 다녀오는 것이었다. 원래 그 땅은 채림의 할아버지가 과수원을 하려 사들인 뒤 돌아가시기 전 자신의 몫으로 물려준 땅인데, 어쩌다 운이 좋아 골프장이 들어서면서 보상금을 받게 된 거니 자신이 주는 게 아니라 채림의 외할아버지가 주는 거라고. 공서방이 들었을지 모르겠는데 우리 집이 대대로 딸 귀한 집이라 내가 평생 윗목엔 누워본 적도 없고 그 시절에 피아노를 배운 사람이네, 채림이가 그 고명딸의 외동딸인데 누구 머리를 닮았는지 아둔하고 먹을 것만 밝혀서 소 잡는 날이면 육사시미가 채림이 입에 제일 먼저 들어갔으니 말 다한 거지. 돈을 받고 싶거든 선산에 성묘 가서 외할머니 외할아버지한테 자초지종 설명드리고 지수도 인사시키게.

*

코너를 돌아 마을회관부터는 낙엽이 푹신하게 깔린 산길이었다. 오른편에 엄마가 말한 비닐하우스 세 동이 보였고 그곳을 지나면서부터는 오르막이 시작됐다. 채림은 시선을 멀리 두고 풀이 누운 좁은 길을 바라보았다. 마을 사람들의 발길로 다져진 그 길을 걸을 때 산새 우는 소리가 나지막이 들려왔고, 땅에선 무언가가 마른 낙엽과 풀숲을 가르는 소리가 들려왔다. 어린 시절, 할아버지를 따라 이런 길을 걷던 순간이 있었던 것도 같다고 채림은 생각했다. 채림이 걸을 수 있는 나이였음에도 할아버지는 풀독이며 뱀이며 벌레를 염려해 산에 오를 때면 언제나 채림을 등에 업었고, 채림은 버르장머리 없이 할아버지의 빛나는 머리를 북 두드리듯 두드리며 이랴, 하고 소리쳤다. 할아버지의 느린 걸음과 흙냄새가 떠올라 상념에 잠긴 채림은 문득 현우의 숨소리가 들리지 않는다는 걸 알아차리곤 걸음을 멈추고 잠시 기다렸다. 그 덩치에 지수까지 업었으니 오르기가 쉽지 않을 거였다. 얼마 뒤, 허리가 완전히 굽어진 채 다가오는 현우의 정수리와 지수의 늘어진 양팔이 보였다.

"조금만 힘내, 거의 다 온 것 같아."

현우는 대꾸하기도 힘든지 고개만 끄덕였다. 10분쯤 더 산길을 오르던 채림이 키가 큰 풀을 젖히곤 소리쳤다.

"찾았다! 찾았다 여보!"

직사광선을 받고 있는 두개의 무덤이 보였다.

"자기야 돗자리, 빨리, 빨리."

채림이 허둥지둥 돗자리를 꺼내 펼치자마자 현우가 잠든 지수를 눕히곤 자신도 드러누웠다. 다행인지 불행인지 지수는 한번 잠이 들면 좀체 깨는 법이 없었다. 채림도 돗자리 가장자리에 주저앉아 챙겨온 물을 마셨다. 에잇, 현우가 얼굴 위로 강하게 내리쬐는 햇살에 인상을 찌푸린 채 몸을 일으키더니, 입을 반쯤 벌리고 잠든 지수의 얼굴을 바라보다 자신의 바람막이 점퍼를 벗어 해를 가려주었다.

"지수 깨기 전에 빨리 하자."

채림의 말에 자리에서 일어난 현우가 장갑을 찾아 낀 뒤 낫을 꺼내들었다. 그러곤 오른쪽 무덤의 풀을 베기 시작했다. 성묘 같은 건 해본 적 없다는 말은 순 거짓말이었는지, 풀을 베어 한쪽으로 던지는 폼이나 낫질을 할 때 수그린 허리의 각도가 예사롭지 않았다. 역시 시골 남자는 시골 남자,라고 생각하며 채림도 일회용 접시를 꺼내 배와 사과의 윗동을 깎아 올리고, 할머니가 생전에 좋아하셨다는 죠리퐁과 할아버지가 장롱에 숨겨놓고 드시던 약과를 꺼내 차렸다. 그러곤 현우의 장갑 한 짝을 빌려 봉분 위에 솟은 잔풀을 손으로 뜯어냈다.

"현우야, 이만하면 됐어."

채림은 무덤 중앙에 조화를 놓은 뒤 접시를 세팅하곤 소주를 꺼내 올렸다. 두 사람은 돗자리 가운데에 대자로 뻗어 누운 지수의 양옆에 서서 절을 했다.

"이제 인증샷 찍을까?"

현우의 말에 채림이 주머니 속 핸드폰을 꺼내 여러 각도로 사진을 찍었다. 그리고 엄마에게 전송했다. 비로소 미션이 끝난 거였다. 생각보다 쉽게 무덤을 찾았다는 안도감과 가장 중요한 돈 문제가 끝났다는 개운함이 밀려왔다. 채림은 오른손을 들어올린 현우에게 힘차게 하이파이브 했다. 두 사람은 돗자리에 앉아 제사상에 올렸던 사과를 한입씩 베어 먹었다.

"근데, 할아버님이 너를 그렇게 예뻐하셨다는데 한번

도 여기 올 생각을 안 했어?"

현우가 잇자국이 선명한 사과를 채림에게 건넸다.

"서울 가고부터는 사는 게 바빴으니까."

채림도 사과를 한입 베어 먹은 뒤 현우에게 건넸다. 현우는 됐다는 듯 고개를 저었다.

"앞으로 한국 올 때마다 들르자."

현우가 말했고 채림도 고개를 끄덕였지만 아마 그럴 수 없을 거라고 생각했다. 사는 건 더 바빠질 거였고 채림은 뭐든 잘 잊었으니까. 현우와 7억 3천의 증여세에 대한 이야기를 나누고 있는데 채림의 핸드폰이 울었다. 발신자는 뜬금없게도 외삼촌이었다.

"채림아, 느그 어매가 갑갑질 났는지 나한테 설명 좀 하라고 하드라. 그 무덤이 아니여."

채림이 예? 하며 놀라자 외삼촌은 껄껄 웃었다.

"애먼 무덤에 절했어. 거시기는 용태네 무덤이고, 온 길로 쭈욱, 오른쪽만 구다보면서 내려가다보면 나올 것이여. 할머니 할아버지 무덤은 거그보다 밑에 있고, 양지도 바르고, 비석도 있고."

전화를 끊은 채림이 돌아보니 통화 내용을 들은 건지 현우가 가방 속에 조화와 음식들을 거둬들이고 있었다.

채림은 어르신 이거 죄송하게 됐습니다, 하며 허리 숙여 인사하는 현우의 뒷모습을 바라보다가 풀숲을 향해 심만 남은 사과를 던졌다.

*

채림이 현우에게 미국 투자이민 설명회에 가보자고 말한 건 지난봄이었다.

"이 티켓 완전 구하기 어려운 거야."

오랜만에 일찍 퇴근한 현우를 쫓아다니며 채림은 들뜬 기색을 숨기지 않았다.

"워커힐에서 하는데 식사도 준대. 완전 공짜잖아."

"피곤해 죽겠는데 세미나는 무슨, 집에서 라면 먹는 게 속 편하지."

아닌 게 아니라 채림의 눈에도 현우는 정말 피곤해 보였다. 현우의 회사는 막바지에 다다른 AI 시스템 기술 특허를 앞두고 대형 반도체 회사와 손을 잡았고, 그 바람에 현우도 넉달째 일주일에 한번씩만 집에 들어올 정도로 격무에 시달리고 있었다. 현우는 번번이 개발팀 전체는 물론이고 아마도 전사를 통틀어 자신이 졸업한 대학교 출신은 아무도 없을 거라고 말하곤 했다. 자신의 팀만 해도 유학 경험이 없는 사람은 자신뿐이라고, 자신은 남들보다 많은 성과를 보여줘야 승진 누락이 없을 것이라며 업무 분장에서 유리해지기 위해 부장 딸의 생일까지 챙기곤 했다. 그렇게 공을 들여 얻은 기회라 그런지 현우는 몇달째 이어지는 야근을 마다하지 않았다. 채림이 무슨 프로젝트냐고 물으면 대외비라면서 채림에게 질문하는 방식으로 프로젝트 내용을 짐작만 할 수 있게 흘리곤 했다. 너 AI 주차의 핵심이 뭔지 알아? 갑자기 차에 뛰어든 게 동물인지 사람인지 AI가 어떻게 구분할 것 같아? 만약에 말이야, 네가 야밤에 고속도로를 달리는 중인데 갑자기 고라니가 튀어나왔어. 뒤에선 트럭이 막 달려와. 그러면 이론적으론 고라니를 치고 지나가는 게 맞는데, 사람 무의식이란 게 뒤보단 앞을 먼저 판단하거든? 그럼 반사적으로 브레이크를 밟겠지? 그런 식으로 일어나는 사고가 일년에 몇 건이게? 급발진 주장하는 오작동 뉴스가 왜 자꾸 뉴스에 나오게? 채림아, 미래엔 말이야, 미래엔, 미래에는…… 현우는 '미래'라는 말을 자주 사용했다. 마치 그것을 미리 보고 왔다는 듯, 불안과 들뜸을 동시에 품은 목소리로.

특급호텔 공짜 밥이 통하지 않자 채림은 소파에 앉으

며 작전을 바꿔 현우의 구미가 당길 만한 말을 꺼냈다.

“너 청림학원 알지. 거기 대표가 무슨 사업 시작했는지 알아?”

청림? 현우가 등을 긁으며 채림을 바라보았다.

“미국 투자이민 사업이야. 너, 한 나라의 교육이 그 나라의 미래인 건 알지? 청림학원 대표가 가리키는 손가락의 방향이 어딘지 보면 미래가 보인다고.”

“그 사람이 직접 하는 세미나라고?”

현우는 채림이 식탁 위에 올려둔 검은색 티켓을 들여다보았다.

“그렇대.”

티켓에 대해 검색해보던 현우가 채림 옆에 앉았다. 그러고는 희미한 미소를 지으며 말했다.

“청림 대표가 오지에도 사교육이 닿을 수 있게 한다면서 인터넷 강의 무료로 많이 풀었는데. 나 그걸로 공부 많이 했거든.”

채림은 쐐기를 박았다.

“그거 청림 대표 시조카가 준 거야. 지수 친구 엄마.”

수요일 저녁, 호텔에 도착한 현우는 세미나도 밥도 다

무료인 대신 주차비가 폭탄으로 나오는 거 아니냐고 겁을 먹었고, 연회장 입구에서 티켓을 확인한 뒤 휴대폰을 걷는 걸 보고는 바짝 긴장했다.

"옷을 더 잘 입고 올걸 그랬나."

채림은 그런 현우의 모습이 재미있었다. 자리를 안내받고 원형 테이블에 앉은 채림은 가지런히 세팅된 포크를 들어 현우의 손등을 살짝 찌르는 장난을 쳤으나, 현우는 난처한 듯 채림의 귀에 대고 바깥쪽부터 쓰는 건지 안쪽부터 쓰는 건지 까먹었다고 속삭였다. 세미나가 시작되자 현우는 청림학원 대표의 설명을 토씨 하나 놓치지 않으려는 듯 입장할 때 받은 가죽 수첩에 한미 세법과 영주권 조건 해제 내용을 꼼꼼히 메모했고, 귀퉁이에 긴 숫자를 적어가며 뭔가를 열심히 계산하기도 했다. 대표는 설명회 말미에 이렇게 말했다.

"지금까지의 교육은 아이들을 좋은 나무로 자라게 하는 것이었습니다. 옆에 있는 나무보다 해도 더 많이 받고 물도 더 많이 먹고 우람하게 자라서, 누구나 자기 앞마당에 심고 싶어 하는 욕심나는 나무가 되라고 가르쳤지요. 하지만 여기 계신 분들의 자제분들은 그렇게 성장해선 안 됩니다."

지랄, 채림은 작게 읊조리며 눈을 가늘게 떴다.

"좋은 나무를 알아보는 법을 배우며 자라야죠. 그 나무를 얼마 주고 사는 게 합당할지, 자기 마당 어디에 어떻게 심어 쓰는 게 좋을지, 그것을 판단하고 결정할 줄 아는 사람이 되어야 합니다. 그렇게 그 아이만의 숲을 꾸릴 수 있어야 합니다."

그렇게 말하며 그는 거대한 스크린 속 파워포인트 화면에 아마존강 사진을 띄웠다. 채림은 그 사진이 너무 뜬금없는데다 이 자리에 앉아 있는 것이 대단한 특권인 양 말하는 대표가 우스워 현우를 쳐다보았다. 현우는 심각한 표정으로 아마존강 사진을 쳐다보고 있었다.

연회장을 나서며 현우는 '퍼스널 비자 컨설턴트'라는 사람에게 명함을 건넸다. 그러곤 운전해서 돌아오는 길에 채림에게 진지하게 투자이민에 대해 알아보자고 말했다. 왜 그 생각을 여태껏 하지 못했는지 모르겠다고, 이민만이 지수를 실어 보낼 노아의 방주였다고.

"너 왜 그래 현우야."

채림은 당혹스러웠다. 애당초 목적이 오랜만에 현우와 단둘이 좋은 곳에서 시간을 보내고 오는 것이었기에 투자이민에 대해서는 생각해본 적도 없었다.

"그 대표가 이제 막 시작한 사업이라는 게 핵심이야. 너 주식 해봤으니까 알 거 아니야. 국내 주식에서 개미가 질 수 밖에 없는 이유가 뭐야."

개미에게 소식이 닿은 순간 그 주식은 이미 늦은 거니까. 채림은 속으로 생각했다.

"아까 그 사람이 출산율 말하는 거 들었지. 0.6명이야 0.6명. 그 수치는 말이야, 위험 신호가 아니야. 이미 끝났다는 말이라고. 국민연금은 바닥이 보이는데 지수 세대가 부양할 노인 인구가 몇인지 알아? 이 땅의 미래엔 희망이 없어. 우리가 지금 결심하면 지수는 우리처럼 명 때리다 막차 타는 게 아니라 일찌감치 첫차 타는 거야."

채림은 찬 손으로 이마를 식혔다. 현우의 말에 기분이 나쁜 이유를 일목요연하게 따지고 싶었지만 어디서부터 말을 해야 할지 몰라 혼란스러웠다. 현우가 저렇게 말하는 게 살며 느낀 설움 때문이라는 걸 채림은 알았다. 육남매 중 다섯째인 현우는 신혼 때부터 단호히 아이는 딱 하나만 낳고 싶다고 했다. 부모는 자식에게 최소한 자신이 겪은 것과 같은 고통을 물려주지 않아야 한다는 것이 현우의 육아관이었다. 국민학교 입학과 동시에 비 오는 날이면 우산을 차지하기 위해 다퉈야 했고, 미술이나 음악

시간에 준비물이 겹치면 집 안에 하나뿐인 그것들이 전부 누나와 형들 차지가 돼 자기가 이런 억척스러운 사람이 된 거라며 현우는 한이 맺힌 듯 말하곤 했다. 채림의 반응에 한동안 말이 없던 현우는 집에 거의 다다랐을 즈음 입을 열었다.

"지수는 다양성이 인정되는 곳에서 교육받아야 했어. 진작에 그랬어야 하는데 우리가 멍청하게 기뻐하기만 한 거야."

"꼭 나 때문이라는 말처럼 들리는데."

"그건 아니야. 아직까지는 지수랑 소통이 되니까. 그런데 나중에도 지수가 우리 원망을 안 할까?"

채림은 자신이 산모 수첩에 적었던, '소통할 수 있는 엄마가 될게'라는 정치인의 슬로건 같은 문장을 떠올렸다. 그런 엄마가 되고 싶었고 그런 엄마가 되는 건 혼을 내고 닦달하는 엄마가 되는 것보다 훨씬 쉬울 거라고 생각했다. 채림의 성정상 느리게 따라오는 아이를 기다려주는 엄마는 될 수 있었지만 태어난 딸이 너무 빨라 쫓아가기 힘든 엄마가 될 거라고는 생각하지 못했다. 지수가 노는 모습을 유심히 지켜보던 동네 엄마의 권유로 지수가 웩슬러 지능검사를 받은 게 여섯살 때였다. 결과는 언어 이해,

유동 추론, 시공간, 작업 기억의 지표 수준에서 모두 상위 0.3퍼센트였다. 목성의 띠와 대를 관측하고 싶다며 130만 원짜리 천체망원경을 사달라 조르고, 일주일 전 박물관에서 본 영조의 붓글씨를 일기장에 적어넣으며 '연잉군 시절, 1700년, 송죽, 松竹'이라 부연해놓은 것이 지수가 다섯 살 때의 일이었다. 어휘는 나날이 늘어 채림이 감당할 수 없을 지경이었고, 새벽에 방에 불이 켜져 있어 깜짝 놀라 문을 열어보면 현우의 책장 구석에 꽂혀 있던 전공서적이 펼쳐져 있어 채림은 이걸 나무라야 할지 칭찬해야 할지 난감해했다. 임상심리사가 검사 결과를 설명해주는 내내 예사롭지 않던 지수의 모습들이 떠올라 채림은 마음이 복잡했다.

"현우야. 알았으니까 흥분 좀 가라앉히고, 지수 의사를 물어보자. 지수는 미국에 안 가고 싶을 수도 있어."

채림 딴엔 현우를 진정시키려 한 말이었는데, 현우는 싸가지 없게 대꾸했다.

"애한테 그걸 묻겠다고? 왜, 한국에 태어나고 싶었는지도 물어보지."

현우의 끈질긴 고집은 두달 가까이 이어졌다. 부장 눈

치 때문에 곧 죽어도 못 쓴다던 연차를 쓰곤 홀로 투자이민 설명회를 들으러 갔고, 다녀와서는 채림을 불러 앉히고 비교표까지 만든 엑셀 파일을 보여주며 자긴 청림으로 결정했는데 넌 어떠냐고 답이 정해진 질문을 던졌다. 두 사람은 열린 문틈으로 지수가 고개를 내밀고 있건 말건 지수를 언급하며 다퉜다. 지수를 위해서, 지수를 방주에 태우려면, 우리가 욕심을 내면 지수는……

여름이 되었을 때 채림은 결국 지수를 영어만 사용하는 영재원에 보내보자고 말했다. 적응 문제를 두고 현우와 설전을 벌이다 내린 일종의 타협안이었다. 이민을 가게 된다면 언어를 먼저 익힐 수 있으니 좋을 것이고, 가지 않게 되더라도 그런대로 잃을 건 없는 선택이었다. 현우는 그마저도 답답한 눈치였다. 여기저기 알아보고 따져봐도 청림만큼 안정적인 조건을 가진 투자 컨설팅 내용은 없다는 게 이유였다.

"그래도 지수가 우선이 되어야 해."

"누가 뭐래? 나도 같은 생각이야."

그렇게 채림은 지수의 손을 잡고 사설 영재원을 찾아갔다. 아이들이 유학을 가지 않고도 아이비리그에 진학할 수 있는 비전을 제시한다는 그곳은 대통령 손주가 와도

진단 검사지가 없으면 못 들어간다고 소문난 곳이었다. 지수는 여섯시간에 걸친 진단검사가 끝난 뒤 잘 먹지도 않던 도넛이 먹고 싶다고 칭얼거렸다. 머리를 하도 써서 당이 떨어진 모양이었다. 매미 우는 소리가 시끄럽던 한 여름, 채림은 지수의 손을 잡고 역 근처 도넛 가게로 향하며 울고 싶은 심정이었다. 지수가 검사를 받는 사이 부원장의 안내를 받으며 둘러본 영재원 내부의 풍경이 아른거렸다. 너무 작은 아이들이 자그마한 책상 앞에 허리를 세우고 앉아 선생님을 바라보고 있기에 저 애들은 몇살이냐 채림이 물었더니, 돌아온 대답이 '만 세살'이었다. 그 순간 채림은 이곳에 지수를 보내지 않겠다 마음먹었고, 영재원 문을 나서자마자 지수와 눈을 맞추며 어땠느냐고 물었다.

"너무 다방면에 관심이 많은 게 고민이라고 했더니요, 선생님이 왜 그게 고민이냐고 물어봤어요. 그래서 인간 수명의 한계와 제 머릿속 로직에 대해 설명했더니, 너는 꿈을 이루는 아이가 아니라 창조하는 아이가 될 거라고 힘을 주셨어요."

지수는 뺨을 붉힌 채 웃었다. '제대로 마음에 들었구나.' 채림은 외꺼풀 눈이며 얄쌍한 코까지 자신과 똑 닮은 지수의 얼굴을 바라보다가, 자신이 엄마에게 수없이 들어온 말이자 무척이나 싫어했던 말을 속으로 되뇌었다. '너는, 도대체 누굴 닮은 거니.'

에어컨 온도가 지나치게 낮아 오한이 드는 가게에서, 도넛을 연달아 네개째 먹고 있는 지수를 바라보며 채림은 지난 주말에 본 자연 다큐멘터리가 떠올랐다. 책상만 한 빙하 덩어리라도 붙잡고 살겠다고 망망대해 한가운데서 허우적거리는 북극곰과, 절벽에서 뛰어내려 집단 자살하는 바다사자들. 그걸 보며 느낀 불안과 지수를 볼 때 드는 감정이 어떻게 이어지는 건지, 무엇이 정답인지 알 수 없어 채림은 처진 어깨로 물티슈를 꺼내 지수의 입에 묻은 도넛 가루를 닦아주었다.

"의사소통이 언어의 전부는 아닌 것 같아요."

"무슨 소리야?"

지수는 종종 설명을 건너뛰고 결론부터 말하는 버릇이 있었다.

"영재원이요. 하나의 언어는 하나의 논리체계이고 설명할 수 없는 문화적 배경을 품고 있거든요. 범박하게 말하자면 인간이 고양이 울음소리를 낼 줄 안다고 해서 고양이와 소통할 수 있는 건 아니잖아요."

"아, 그렇구나."

채림은 절반도 이해하지 못한 지수의 말을 알아들은 척 고개를 끄덕거리며 핸드폰에 '범박'이라는 단어를 검색하다가 짙은 한숨을 쉬었다.

"지수야. 사람들이 알아들을 수 있는 쉬운 단어로 대화해야 해."

채림은 지수가 자신이 똑똑하단 걸 인지하고 안하무인으로 굴진 않을지, 친구 하나 없는 기득권 소시오패스가 되진 않을지 늘 걱정스러웠다. 그런 마음을 아는지 모르는지, 지수는 허공에 다리를 붕붕 휘젓다가 뚝 멈추곤 상심한 목소리로 "네……" 하고 답했고, 이제 좀 춥다고, 집으로 돌아가고 싶다며 채림을 쳐다보았다. 지수가 했던 말의 의도가 미국 본토에서 문화적 배경을 느끼며 교육받고 싶다는 것이었음을 채림이 알아차린 건 집으로 돌아가는 택시 안에서였다. 언제나 한 박자 늦게 알아채는구나. 채림은 잠든 지수의 머리칼을 넘겨주며 어쩌면 자신은 산모 수첩에 적어뒀던 지수와의 약속을, 영영 지킬 수 없는 엄마가 될지도 모르겠다고 생각했다.

*

잠들었던 지수가 깨어나며 무덤을 찾아가는 길은 자연스레 소풍이 됐다. 푹 자고 일어나 개운한 건지, 오랜만의 나들이에 신이 난 건지, 지수는 토끼처럼 사방팔방을 뛰어다녔다. 여기저기 떨어진 솔방울을 주워 선물이라며 현우에게 건네고, 콧물을 흘리며 오미자를 따 볼에 비비고, 연보랏빛 들꽃과 풀을 꺾어다가 꽃다발을 만들어 채림에게 주기도 했다. 그 바람에 도착은 더뎌졌지만 지수가 그 나이대 아이처럼 노는 모습에 기뻐 채림은 기꺼이 걸음을 늦췄다. 이제 증조할머니 증조할아버지께 절하고 얼른 내려가 집으로 가야 한다고 지수를 달래던 현우도, 자고 일어나니 산에 도착해 있는 게 꿈결 같다는 지수의 말에 감동한 후로 점퍼 주머니 양쪽이 솔방울로 불룩해진 채 지수의 뒤를 따라다니며 채집을 도왔다.

"아빠, 이게 장식용 풀로 마땅해 보여요."

"그러네. 마땅하네."

지수는 수풀이 우거진 부근에 쪼그려 앉았다.

"지수야, 그거 이름이 뭔지 알아? 고사리야, 고사리."

"고사리라고요? 반찬으로 먹었던 거랑 많이 다른데."

"지수가 먹은 건 막 자란 고사리고, 이건 완전히 핀 고사리니까."

지수는 고사리의 얇은 대와 화려한 잎을 살살 쓰다듬으며 말했다.

"이렇게나 다른 모습으로 성장할 수 있다니."

채림은 야생화 꽃다발을 든 손으로 햇살을 가린 채 몇 걸음 뒤에서 두 사람을 지켜보았다. 현우는 지수와 오랜만에 말이 통하는 게 기쁜 눈치였다. 지수는 종종 논리를 몇 단계 뛰어넘은 말을 하거나, 듣는 사람의 반응을 무시한 채 최근 관심 있는 주제에 대해 연설하듯 빠르고 길게 이야기하는 면이 있었다. 하물며 한국말도 그런데 이제 미국에 가 영어를 쓰기 시작하면 그런 식의 불통은 더 심해질 거였다. 채림은 '낙엽 보고 나무 이름 맞히기' 게임을 하고 있는 두 사람을 옅은 미소로 바라보았다. 그러곤 소담한 산을 한바퀴 둘러보았다. 지수를 데리고 가을 산에 와본 건 처음이었다. 지난번 화담숲에 갔을 땐 갖은 핑계를 대면서 집에 가자고 하더니, 이렇게 좋아할 줄 알았으면 진작 데리고 나올걸. 채림은 지수와 현우가 이런 풍경 속에 함께 있는 게 꼭 마지막이 될 것만 같아, 더 자세히 기억해두려 숨을 깊게 들이마셨다. 쪼그려 앉은 지수

옆에 퍼질러 앉은 현우, 그리고 그 옆에 울긋불긋한 나뭇잎으로 무성한 저 나무를 기억해두겠다고. 저 나무의 이름이 '나도박달나무'라는 걸 알려준 사람이 너의 아빠라고. 저 나무의 어떤 가지는 마디가 무척 굵었다고, 잠깐, 저 마디가 왜,

"야! 야!"

채림이 현우를 부르며 도망쳤다.

"야 공현우 뱀 있다고, 뱀!"

어디, 어디, 하며 현우와 지수가 고개를 들어 나무를 바라보았다. 지수가 먼저 일어나 손을 모으고 나무 근처를 기웃거렸고, 현우는 아아, 하고는 엉덩이를 털고 일어나 천천히 걸음을 옮겼다.

"지수야, 위험해! 이리 와!"

발을 구르며 소리치는 채림에게 지수는 뒤돌아 양손을 아래로 누르며 단호한 표정으로 맘, 플리즈 캄 다운, 뱀은 진동을 느껴요, 하고 말했다. 그사이 나뭇가지를 휘어 감은 뱀을 발견한 현우는 좀처럼 뱀을 찾지 못하는 지수를 목말 태워 가까이에서 보게 했다.

"보여? 나무랑 색이 똑같지?"

"와, 눈이 엄청 작다."

채림은 질겁한 채 두 사람에게서 멀찍이 떨어졌다. 책에서 봤을 땐 피부가 매끄러운 줄 알았는데 실물을 보니 질감이 거칠다는 둥, 얘는 대가리 모양을 보니 독사는 아닌데 아직 새끼 같다는 둥, 두 사람은 앞에 있는 뱀을 두고 미술작품 관람하듯 주거니 받거니 평을 늘어놓다가, 채림이 빨리 이쪽으로 오라고 역정을 내자 마지못한 듯 걸음을 뗐다.

*

채림이 당연히 두개일 거라고 생각했던 성씨 일가 선산의 무덤은 총 다섯개였다. 외할머니와 외할아버지의 무덤은 그것들 중 가장 아래에 있었다. 탁순자, 성학봉. 채림은 물티슈로 비석의 먼지를 닦아내며 마음속으로 속삭였다. 채림이 왔어요. 채림이 딸 지수도 왔어요. 그리고 우린 이제 한국을 떠나요.

현우와 지수는 무덤을 등지고 사진을 찍었다. 채림은 무덤 앞에 조화 대신 지수가 뜯어 모은 손바닥만 한 야생화 꽃다발을 올렸다.

“지수야, 엄마 외할머니 외할아버지야. 엄마를 엄청 예빠하셨대. 이제 아빠 따라서 너도 절하는 거야."

돗자리에 선 채 현우가 말하자, 지수는 어색한지 몸을 꼬더니 현우의 주머니 속에 손을 넣어 솔방울을 한알 꺼냈다. 그러곤 채림이 차려놓은 상 앞에 그것을 올려놓았다. 세 사람은 절을 올린 뒤 반 남은 소주를 무덤에 뿌리고 죠리퐁을 먹으며 한담을 나눴다. 바람은 쌀쌀했지만 한낮의 햇살을 품은 돗자리 아래 땅에서는 온기가 느껴졌다.

"솔방울은 아무래도 너무 작은 것 같아서 노래를 한곡 드리고 싶은데요."

지수가 느닷없이 자리에서 벌떡 일어났다. 채림은 웃으며 지수를 바라보았고, 현우는 너무 크게 부르지는 말라고 말했다.

"시작하겠습니다."

현우가 채림을 보며 잰 뭘 할 땐 꼭 시작한다는 말을 한다고 채림에게 속삭이며 키득거렸다. 지수의 선곡은 「Over the Rainbow」였다. 한 팔을 머리에 괸 채 누운 채림도, 땅콩을 까먹던 현우도, 시선을 멀리 둔 채 발을 까딱거리거나 몸을 흔들며 지수의 노래를 들었다. 채림은 영어에 강박이 생겨 그런지 들려오는 노랫말을 자기도 모르게 직역하고 있었다. 무지개 너머 어딘가, 펼쳐진 푸른 하늘,

감히, 꿈꾸던 것이 실제로 이루어지는 곳.

걱정거리는 레몬 사탕처럼 녹아 없어지고

굴뚝 끝 저 멀리 떨어진 곳에서

나를 찾을 수 있을 거예요

채림은 날씨만큼 맑은 지수의 목소리로 듣는 노랫말이 묘하게 이별을 말하는 것 같아 서글퍼졌다. 희망이란 건 만국 공통으로 저 멀리 떠나야만 찾을 수 있는 걸까. 무심코 시선을 돌린 채림의 시야에 붉어진 눈을 비비고 있는 현우가 보였다. 채림은 못 본 척 고개를 돌렸다. 두 사람은 노래가 끝난 뒤 박수를 쳤고, 분주하게 짐을 챙겼다. 산길을 털레털레 내려오는 길, 아까부터 표정이 침울한 현우에게 채림은 괜스레 주식 이야기를 꺼냈다. 그 이야기만큼 현우를 신나게 하는 게 없었다.

"같은 값이면 미국 주식을 샀어야 했어."

"한국이고 미국이고 너는 새가슴이라 안 된다니까. 리스크만 피한다고 좋은 게 아니야. 정보를 모으고 합리적으로 딱 판단을 해야,"

가르치길 좋아하는 현우가 연설을 늘어놓으려는 순간 지수가 끼어들었다.

"프로스펙트 이론이랑 랜덤워크 이론이 떠올라요. 리

스크를 피하려다 오히려 손해를 보는 것과, 주식 가격의 상승과 하락은 정보의 합에 의해 합리적으로 예측 가능한 것처럼 보이지만 실은 마치 동전 던지기처럼 랜덤하다는 이론이요. 어쨌거나 결과는 알 수 없으니 아빠에게 주식은 합리적인 판단의 영역이라면 엄마한텐 희망적인 가치라고 볼 수 있어요."

채림과 현우가 동시에 이마를 짚으며 고개를 흔들었다.

"엄마한테는 주식마저도 희망이구나."

분위기를 바꿔보려 현우가 웃으며 말하자, 지수가 걸음을 멈췄다.

"방금 건 유쾌한 농담은 아니네요. 저는 그런 이분법을 말하고 싶었던 게 아니었거든요."

놀란 채림이 현우를 바라보았고, 현우는 무안해진 얼굴로 지수를 바라보았다.

"그래요. 아빠 말처럼 우리나라는 완전히 망할 수도 있죠. 가능하다면 탈출하는 게 최선일 수도 있어요. 엄마도 저한테 그랬잖아요. 어디서 웅성거리는 소리가 들리면 피하라고, 안전하다는 방송이 나와도 절대 믿지 말고 거기서 탈출하라고. 하지만 세상엔 위험에 처한 누군가를 구하는 사람들이 있어요. 그런 선택을 하는 사람들이 있어요."

채림이 설명하려 입을 떼는 순간, 지수가 현우를 쳐다보며 말을 이었다.

"아빠가 말한 방주에는 그런 사람들이 타야 하는 거 아닐까요? 엄마 아빠를 위해서, 그런 희생은 손해라고 생각하려고 하고 투자이민에 들어간 비용을 어떤 직업을 통해 보상해드릴 수 있을지 고민하는 저 같은 애가 아니라요."

뒤에 있던 현우가 채림의 어깨를 가볍게 밀치고 앞으로 나왔다. 현우는 지수를 안아 올리곤 뚜벅뚜벅 산길을 내려갔다. 넋이 나간 채 또 한참을 앞서간 지수의 생각을 따라잡으려 그 자리에 서 있던 채림도 천천히 걸음을 떼두 사람의 뒤를 따라가기 시작했다.

*

산의 초입 즈음에서 채림은 앞서가고 있는 현우를 큰 소리로 불렀다. 주머니에 손을 찔러 넣었다가 발견한 일회용 비닐봉지 때문이었다. 엄마가 선산 아래 밤이 달고 단단하다며 주워 가라고 챙겨준 것이었다. 다섯시가 조금 넘은 시각, 산에는 벌써 그림자가 길어지기 시작했다.

채림은 바닥에 떨어진 밤송이를 발 사이에 끼운 채 벌리곤 튀어나온 밤들을 한알 한알 주워 담기 시작했다. 다가온 지수가 뾰족한 밤송이가 벗겨지며 알밤이 나오는 것을 구경하더니 곧장 채림을 따라했다. 그 모습을 본 현우도 땅에 떨어진 생밤을 주워 옷에 닦아 맛을 보고는 밤을 줍기 시작했다. 채림은 비닐봉지를 벌린 채 두 사람이 주워 담은 옹골찬 밤들이 쌓이는 것을 지켜보았다. 기분이 말도 못하게 가라앉았다. 아는 것도 모르는 것도 없이 이 산을 뛰어다녔을 어린 시절이 그리웠다. 채림은 궁금해졌다. 지수는 어떤 부담을 안고 있는 걸까. 지수는 다 자라 어린 시절의 무엇을 추억하고 그리워할까. 채림이 모르는 무언가일 거라는 사실만 분명했다. 도넛 가게를 나서던 여름날 그랬듯 지수의 말을 이해한 척하다 이내 몰랐다는 것만을 깨닫게 되겠지. 채림은 밤으로 가득 찬 봉지를 묶으며 중얼거렸다.

"엄마라는 게……"

"엄마!"

밤이 가득 든 비닐봉지를 안고 채림이 주위를 두리번거렸다. 저기, 작은 비탈 숲에서 지수가 상기된 목소리로 채림을 부르고 있었다. 빠른 걸음으로 다가가자 비탈 안

쪽의 무성한 풀과 나무 사이에서 팔을 높게 뻗은 채 뭔가를 따려고 애쓰는 현우가 보였다.

"뭐 해?"

"채림아, 그쪽에서 내 허리 좀 껴안아봐."

채림은 지수에게 봉지를 건네고 현우에게 다가갔다. 채림이 선 쪽은 아직 빛이 있는 데 비해 넝쿨이 빼곡한 비탈 숲 쪽은 어두워 현우가 뭘 하고 있는지 잘 보이지 않았다. 채림이 현우의 허리를 강하게 붙들었다. 그러자 현우는 까치발을 든 채 얼굴에 풀잎과 꽃가루가 떨어지는 것도 아랑곳 않고 계속해서 뭔가를 땄다. 마침내 으차, 소리를 낸 현우가 채림과 지수 앞에 양손을 활짝 펼쳐 보였다.

"와, 으름이네. 이걸 어떻게 발견했어?"

채림이 으름 한알을 집어 껍질을 까 현우의 입에 넣어주었다.

"안 떫어?"

현우가 활짝 웃으며 고개를 끄덕였다.

"지수야, 이게 으름이라고, 한국 야생 바나나야."

채림은 또 한알을 까 이번엔 지수의 입에 넣어주었다. 그러곤 또 한알을 까 자신의 입에 넣었다. 입속에 도는 으름 특유의 오묘한 단맛이 반가워 채림은 현우가 그랬듯 환하게 미소 지었다. 옆에 선 지수가 처음엔 오물거리더니, 으윽, 하는 소리를 내며 입속에 든 것을 후드득 뱉어냈다. 채림은 지수가 왜 그러는지 알 것 같았다. 현우도 이유를 알았는지 웃으며 지수에게 말했다.

"으름은 씨가 떫어. 씹지 말고 뱉어야 돼. 아빠 봐봐."

현우가 입속에서 발라낸 까만 으름 씨앗을 비탈 쪽으로 후드득 뱉어냈다. 채림도 비탈을 향해 씨앗을 후드득 뱉었다.

"왜 둘 다 그쪽에 뱉어요?"

"으름이 자라라고."

"그래야 으름이 또 자라니까."

채림과 현우가 동시에 말했다. 지수도 입을 오물거리며 씨앗을 가려내려다 또 씨를 씹어버렸는지 인상을 찡그렸다.

"그게 으름 맛이야. 먹기 싫으면 그냥 다 뱉어 지수야."

채림은 그렇게 말한 뒤 마지막 으름 한알을 깠다. 그러자 지수가 앞으로 다가와 아— 하고 입을 벌렸다. 채림과 현우는 지수가 마지막 으름을 입안에서 굴리다 가려내지 못한 씨앗을 씹고 인상을 쓰는 것을 바라보았다.

"이제 그만 가자."

그렇게 말해놓고 현우는 걸음을 미적거리며 길가에 떨어진 씨앗을 비탈 안쪽으로 발길질해 밀고 또 밀었다.

흙길이 끊어지고 아스팔트가 시작되는 길, 이제 다 와서 모퉁이만 돌면 차가 있다는 걸 모르는 지수가 조금 천천히 가자고, 이러다 다시 오는 길을 잊겠다고 말했다. 시골길에 가로등이 하나둘 켜졌고, 어디선가 개가 짖었다. 다시 온다고? 채림은 고개를 돌려 산을 올려다보았다. 산은 높고 채림은 작아서, 어쩐지 산이 자신을 품에 안고 내려다보고 있는 것 같은 느낌이 들었다. 뱉어낸 으름 씨앗은 싹을 틔울까. 그렇게 자라난 으름 씨앗의 달고 떫고 쓴 맛을 아는 사람이 먼 미래에도 있을까. 채림은 어쩌면 저 산이 아주 오래전 어느 가을날에도 이런 인간 셋을 굽어본 적이 있었을지도 모른다고 생각하며, 차가 있는 방향으로 걷기 시작했다.

# 부부생활

## 1

2021년 5월 3일. 오진희와 구영수, 마흔셋 동갑내기 커플은 법적으로 부부가 됐다. 두 사람은 시청에 들어가 번호표를 뽑고, 혼인신고서를 작성하고, 담당 공무원에게 신분증을 내민 뒤 미니어처 원앙 세트를 받았다.

"시에서 신혼부부에게 주는 선물이에요."

공무원은 눈도 마주치지 않고 그들에게 그것을 내밀었다. 민원실에 들어갔다 나오기까지 30분이 채 걸리지 않았다. 유리문을 열고 주차장으로 향하며 오진희는 어쩐지 좀 허무하지 않냐며 구영수를 쳐다보았고, 구영수는 중요한 일이라는 게 다 시시하게 끝나는 거 아니겠냐고 답했다. 구영수는 오진희와 깍지 낀 손을 풀고 이마의 땀을 닦왔다. 바람이 살랑살랑 불어오는 5월 초순이었지만 구영수는 무척 덥게 느껴졌다. 코로나 탓에 야외에서도 마스크를 끼고 있어야 했기 때문일 수도, 긴장했기 때문일 수도 있었다. 구청에 들어서기 직전까지도 구영수는 혼인신고에 회의적이었다. 하지 말자는 게 아니라 오늘은 좀 그렇다는 거였다. 부를 사람도 오겠다는 사람도 없을 테니 예식은 생략한다고 해도, 반지라도 나눠 끼고 근사한 곳에서 밥 정도는 먹는 게 먼저가 아니겠냐고. 게다가…… '그런' 일을 앞두고 공공기관에 들락거리는 것이 어쩐지 꺼림칙했다. 하지만 오진희는 일하는 중에 환자를 다치게 할 수 있는 반지를 굳이 끼고 싶지 않으며 외식을 좋아하지도 않는다고 받아쳤고, 무엇보다 큰일을 치르기 전에 혼인신고를 하고 싶다고 말했다. 큰일. 오진희에게 그것은 두 사람이 한마음이 되었다는 의미였다.

"혹시 나를 못 믿어서 오늘 하자고 한 건 아니지?"

운전석 문을 열며 구영수가 물었고,

"넌 믿어. 나를 못 믿는 거야."

조수석 문을 열며 오진희가 장난스레 답했다.

구영수는 오진희가 원하는 것이라면 그게 뭐든 해주고 싶었다. 일상의 자잘한 일들, 아이스크림을 사다 달라거나 설거지를 해달라거나 커피를 타달라는 부탁 같은 것들. 달리 생각해보면 오늘의 혼인신고 역시 구영수가 해줄 수 있는 것이었고, 어려운 일도 아니었다. 하지만 사랑한다는 건 해주는 것이 아니라 함께하는 것이었다. 한마음. 한뜻. 은행을 털러 가는 일은 그런 의미에서 사랑의 연장선이자 영원한 결속이었다. 구영수는 위가 단단하게 굳어 움직이지 않는 것 같은 느낌을 받으며 시동을 걸었다. 안전벨트를 매면서 오진희가 웃고 있었고 구영수는 그거면 됐다고 생각했다. 이제 막 부부가 된 두 사람은 구청 정문을 빠져나갔다.

## 2

구영수는 국어, 영어 과목의 보습학원 원장으로, 3년 전 신도시 아파트 앞에 있는 신축 상가 건물 한 호실을 얻어 사업을 시작했다. 홀어머니가 뇌졸중으로 쓰러지며 받은 보험금이 보증금이 되어주었다. 학원의 작은 강의실 두 칸은 고용한 강사 두명이 사용했다. 강사에게 공간을 내어주는 대신 시설 점검부터 청소까지 그들이 담당하게 했다. 구영수는 강의실 밖 데스크가 있는 학원 로비 공간에 책상과 칠판을 놓고 국어 과목을 가르쳤다. 수업이 없는 시간엔 그곳에 아이들을 앉혀놓고 논술 지도를 했다. 상담받거나 등록하려고 들른 학부모들이 문을 열자마자 강의실이 노출되는 광경에 놀라도 구영수는 개의치 않고 수업을 이어갔다. 그것만큼 좋은 홍보가 없었다. 원장이 강의하는 모습을 직관하게 하는 것.

이리저리 머리를 굴려도 학생은 서른명에서 좀처럼 늘지 않았다. 월세와 관리비를 내고, 강사들의 급여를 주고 나면 구영수에겐 겨우 숨만 쉬고 살 수 있을 정도의 돈이 남았다. 그래도 구영수는 자신이 옳았다고 생각했다. 기다림은 개인사업자에게 더없이 중요한 덕목이며, 자신은 그 덕목을 행하고 있는 거라고. 호재를 맞은 건 이듬해 여름이었다. 인근에 지어지던 중학교가 완공되며 학생들의 전학과 입학이 시작된 것이었다.

'내가 맞았어.'

예상했던 호재였다. 학생은 빠르게 늘었다. 구영수는 미리 접촉하고 있던 갓 졸업한 서울대 인문대생 두명을 추가로 고용했다. 그리고 같은 건물 수학학원 원장을 설득해 학원을 통합했다. 공실인 옆 호실 두 칸을 사들여 확장하며 구영수의 학원은 인근 단지 내에서 가장 큰 국영수 보습학원이 되었다. 학생 수 160명. 동네 규모의 학원으로선 기록적인 숫자였다. 구영수는 선행학습을 담당할 영어 강사 두명을 더 고용했다. 승부는 규모에서 난다는 것이 구영수의 생각이었다. 사업을 확장하는 와중에도 구영수는 강의를 놓지 않았다. 구영수에게 강의는 사업가적 가치가 아닌 정신적 가치였다. 아이들에게 문제를 맞히는 법을 가르치는 동시에 인생을 통찰할 답지를 주는 것. 구영수가 생각하기에 인생의 진리는 윤리 과목이나 도덕 과목이 아닌 국어 과목에 있었다. 수능 국어 영역 점수를 높이는 데 애를 먹는 이유도 그 진리를 모르기 때문이라고 구영수는 생각했다. 구영수가 생각하는 진리의 핵심은 논리의 전개 방식에 있었다.

"얘들아, 비문학 파트의 과학 지문, 법률 지문. 이게 고득점의 핵심인 이유가 있어. 국문으로 쓰여 있지만 논리를 전개하는 구조가 다르거든. 사람이 다 똑같은 사람처럼 보여도 판사와 살인자는 다르지? 그게 다 인생을 전개하는 구조가 다르기 때문이야. 구조를 분석하는 이해도를 높이지? 문제도 사람 속도 훤히 보일걸?"

구영수는 자신의 비유에 전율을 느끼며 비문학 교재를

펼쳤다. 근데요, 하며 최상위권 여학생이 손을 들었다.

"판사가 살인을 저지르면요?"

쓸데없는 질문이라는 생각에 구영수는 정색했다.

"그런 예외적인 구조는 윤리 시간에 배워라."

구영수의 인생에 그런 예외적인 일은 일어나지 않았다. 구조적으로 자신과 비슷하지 않다고 판단한 사람과는 말도 섞지 않았으니까. 구영수는 그렇게 살아온 자신이 좋았다. 흔들리지 않고 똑바로 가는 인생. 스스로의 판단력에 감탄하는 나날들. 하지만 구영수의 인생이 편하기만 한 건 아니었다. 자정이 넘은 시간에 집으로 돌아오면 구영수는 녹초가 됐다. 속에서 쓴 냄새가 올라오고 몸에서 쉰내가 풍겼지만 씻을 기운이 없었다. 가방 속에는 늘 읽고 피드백을 적어야 하는 논술 시험지가 들어 있었다. 다른 강사에게 맡길 수도 있었지만 글을 읽는 것은 직접 해야 한다는 고집이 있었다. 위경련이 와 몇 차례 응급실에 갔고, 점심을 먹다가 학부모의 전화를 받으면 식사는 그대로 끝이 났다. 잠은 늘 부족했다. 그래서 어머니가 돌아가셨다는 연락을 받고 경기도 외곽의 요양병원으로 가는 택시 안에서도 구영수는 슬퍼하다 말고 깜빡 잠이 들었다. 꿈속에서 어머니가 옥색 한복을 입고 허겁지겁 홍시를 잡수고 있었다. 왜 그리 급히 드세요? 구영수가 묻자, 어머니가 되물었다. 왜, 이것도 창피하냐? 구영수는 순간 어머니가 그걸 어떻게 아셨지, 하는 생각과 함께 죄송한 마음이 들었다. 어머니를 향해 잘못했다고 빌었다. 그러자 어머니가 구영수에게 얼굴을 들이밀고 말했다. 자, 너 같은 놈한테 딱 필요한 선물을 하나 주마.

잠에서 깨어난 구영수는 꿈에서 받은 선물이 무엇인지 도통 기억이 나지 않아 고개를 갸웃거렸다. 병원 앞에 차를 세운 기사가 요금을 천원 깎아주었다. 이게 선물인가? 구영수는 생각했으나 아니었다. 선물은 병실에 있었다. 보자마자 그것이 선물임을 알 수 있었다.

원장의 안내에 따라 병실로 들어가 커튼을 걷은 순간이었다. 보호자 침상에 한 여자가 앉아 있었다. 어머니의 손을 주무르고 있는 허망한 표정의 여자는 그날 아침 어머니의 임종을 지킨 요양보호사라고 했다. 여자의 옆에 먹다 만 사과와 과도가 놓여 있었다.

"왜 이렇게 늦으셨어요."

오진희. 구영수는 요양보호사의 명찰에 적힌 이름을 확인했다. 곁에 있던 원장은 오진희의 말을 무례하다 느꼈는지, 안타까운 마음에서 하는 소리일 거라며 구영수를 얼렀다. 구영수는 기분 나쁘지 않았다. 고맙고 미안했다. 보지 않아도 저 여자가 자신의 어머니를 어떤 마음으로 돌봤을지 알 수 있었다. 그런 사람만이 할 수 있는 원망에 찬 말이었으니까.

"미안합니다."

구영수가 말했다. 그러곤 이미 숨이 끊어진 어머니의 아직 따듯한 손을 붙잡았다. 그제야 눈물이 나오기 시작했다. 구영수는 어머니의 죽음보다도, 자식이 어머니의 따듯한 손이라도 한번 잡고 갔으면 싶어 식어가는 손을 주무르고 또 주물렀을 오진희의 마음이 느껴져 더 슬펐다. 요양병원에 어머니를 방치하고 명절에도 찾아뵙지 않은 자신이 얼마나 나쁜 자식인지 그제야 깨달은 것이었다.

어머니의 장례가 끝난 뒤, 구영수는 오진희와 빠르게 가까워졌다. 구영수의 적극적인 구애였다. 구영수는 매일같이 오진희의 집 근처로 가 그녀를 불러냈다. 비가 와요, 잎이 떨어졌네요, 하면서. 구영수는 오진희가 얼마나 대단한 일을 하는지 칭송했다. 그건 오진희를 꼬드기려 하는 말이 아니라 마음에서 우러나온 존경에서 비롯된 것이었다. 인간이라면 해야 마땅한 도리를 대신 행하는 노동의 가치는 돈으로 치환할 수 있는 것이 아니라고 생각했으니까. 그런 구영수의 찬사에 오진희는 의아한 듯 고개를 갸웃거리다, 이내 슬며시 웃었다.

"웃을 때 왜 입을 가려요?"

구영수가 물었다.

"제가 웃을 때 덧니가 보여서, 안 예쁘다고들 하더라고요."

그렇게 말하며 오진희가 고개를 홱 돌렸다.

"아니, 누가 그래요? 진희씨가 활짝 웃는 게 얼마나 예쁜데."

훗날, 오진희는 아파트 산책로에서 구영수에게 말했다.

"그거 아세요? 저 영수씨 앞에서는 입을 안 가리고 웃어요."

구영수는 오진희를 지긋이 바라보았다. 심장이 내려앉는 것 같은 구영수의 마음을 아는지 모르는지, 오진희는 땅을 보며 말을 이었다.

"저도 최근에야 알았어요. 제가 그런다는 걸요."

두 사람은 만난 지 두달 만에 동거를 시작했다. 구영수가 쉬는 날은 월요일 하루뿐이었고, 월요일에 오진희가 근무를 하거나 일요일에 야간 근무라도 하게 되면 두 사람은 만날 수 없었다. 그런 날엔 애가 끓고 속이 탔기에, 구영수는 뭐든 천천히 하는 것이 옳다고 믿었던 가치관을 버리고 함께 살자고 말해버렸다. 오진희도 좋다고 했다. 그다음 주 일요일에 구영수는 1톤 트럭에 반도 차지 않은 짐을 가지고 오진희의 아파트로 들어갔다. 오진희의 집은 비록 대출이 70퍼센트지만 18평 자가였고 구영수의 집은 월세라 그편이 합리적이었다. 학원과 멀어져 자동차로 한 시간 거리를 출퇴근해야 했지만, 구영수는 아무렴 상관없었다. 오진희와 함께할 수 있었으니까.

"신기하지 않아?"

어느 날 오진희가 물었을 때 구영수는 무엇이? 하는 표정으로 바라보았다. 오진희는 베개를 베고 모로 누운 채 구영수를 쳐다보며 말을 이었다.

"나는 당신을 모른 채로 당신 어머니부터 만났고, 당신은 어머니를 잃은 날 나를 만났잖아. 그런 점이 신기하지. 꼭 어머니가 주신 선물 같아서."

선물이라, 구영수는 은밀한 미소를 지으며 답했다.

"운명이라고밖엔 설명할 수 없지."

운명, 오진희는 눈을 끔뻑거리며 구영수의 말을 따라 했다.

"내가 신기한 건 다른 거야. 당신을 만난 순간 나는 중요한 걸 잊고 살아왔다는 걸 대번에 알았어. 돈을 많이 벌어서 어머니를 더 좋은 곳으로 모시겠다고 다짐해놓고, 정작 어머니를 만나러 가진 않았던 거지. 당신한테 듣기 전까지 나는 어머니가 만성 변비에 시달리고 계셨던 것도 몰랐어. 그때 배운 건, 소중한 사람을 만나려면 노력해야 한다는 거야. 그 노력이란 건 더 가지려고 노력하는 게 아니라, 가진 걸 포기하는 거지. 그런 의미에서 당신이 마음을 다해서 노인분들을 돌보는 건……"

드르렁, 하는 소리가 들려 바라보니 오진희는 입을 반쯤 벌린 채 잠들어 있었다.

사실, 오진희는 구영수가 원하던 조건의 신붓감은 아니었다. 구영수가 그려왔던 신붓감은 고학력에 안정적인 직업을 가졌으며 화목한 가정에서 나고 자란 평범한 외모의 밝은 여성이었다. 구영수는 자신은 그런 여성과 결혼할 거라고 근거 없이 믿어왔다. 그러나 자신이 바라왔던 신붓감과 정반대인 오진희를 만나 사랑에 빠지며 구영수의 가치관은 무너졌다. 입에 올리기 부끄러운 세속적인 가치관을 오진희라는 여자가 산산이 부숴준 것이었다. 구영수는 오진희가 부숴준 욕망에서 자유로워진 자신이 아름답게까지 느껴졌다. 마음씨 고운 오진희와 함께라면 어떤 어려움도 헤쳐나갈 수 있을 것 같았다.

'결국엔 내가 맞았어.'

가치관이 박살 났지만 삶은 더 좋은 방향으로 가고 있다는 생각에 구영수는 만족스러웠다. 자신의 옆에, 무슨 좋은 꿈을 꾸고 있는지 빙그레 미소 지으며 잠든 오진희가 있었다. 구영수는 저 미소가 자신을 옳은 방향으로 인도하는 거라고 생각했다. 이제 오진희는 세상에 혈혈단신 홀로 남겨진 구영수의 이마에 빨갛고 커다란 동그라미를 힘 있게 그려 넣을 수 있는 유일한 사람이었다.

"원장님, 연애하시죠?"

영어 강사가 물었다.

"잘생겨지셨어."

또다른 영어 강사가 말했다.

"얼굴에서 광채가 나세요."

타이핑을 하던 대학생 알바생도 거들었다.

구영수는 쑥스럽게 웃으며 자리를 피했다. 그즈음 정말로 구영수의 얼굴에는 속에서부터 올라오는 윤기가 돌고 있었다. 오진희가 차려주는 아침밥과 저녁밥이 있었고,

온기가 느껴지는 집이 있었고, 섬유유연제 냄새가 진동하는 셔츠가 있었고, 포근한 이불 속에서 살결을 맞대고 잠드는 나날이 있었다. 오진희는 구영수가 살면서 한번도 가져보지 못했던 것을 주었다. 안정감, 그리고 안정감에서 오는 불안감. 더 잘살고 싶고 더 행복하게 살고 싶다는 욕심. 구영수의 그런 마음에 응답이라도 하듯 나날이 원생이 늘었고 학부모의 만족도는 높았고 주변 보습학원 세 곳이 문을 닫았다. 일주일에 사흘을 쉬게 되었으나 구영수가 버는 돈은 훨씬 많아졌다.

그러던 어느 아침, 오진희의 요청으로 음식물쓰레기를 버리고 출근하던 구영수는 불쾌한 냄새를 맡으며 문득 생각하게 되었다.

'내가 이걸 왜 해야 하지.'

구영수는 자신이 생활비 명목으로 오진희에게 주는 돈의 액수를 떠올렸다. 그럼에도 자신이 퇴근하여 빨래를 개고 주말에 종종 설거지를 하고 오진희가 저녁 근무를 하는 날엔 청소기까지 돌리는 것이 과연 이치에 맞는 일인지 따져보게 된 것이었다. 한번 시작된 불만은 계속해서 불어났다. 오진희가 돌보는 노인들 중엔 할아버지도 있을 것이라는 점이 마음에 들지 않았다. 요양보호사를 성추행하는 노인이 있다는 기사를 본 것이 떠올랐다. 문득 오진희의 무람없는 미소가 불쾌해졌다. 얼마나 번다고 추한 꼴을 보려고 할까. 차라리 집안일을 전담하는 게 낫지. 애도 없으니 힘들 것도 없는데. 구영수는 얼마의 생활비를 줘야 적당할지 고민했다. 300은 너무 많고, 100은 너무 적으니 우선 150을 불렀다가 200을 입금해 오진희를 놀라게 해야겠다는 답도 내렸다.

그날 저녁, 구영수는 밥을 먹은 뒤 소파에 누워 핸드폰 게임을 했다. 쉬는 날이 늘며 생긴 취미였다. 아이템 거래로 돈을 벌 수도 있으니 막연한 시간 때우기만은 아니라고 구영수는 생각했다.

"영수야, 건조대에 빨래 말랐어?"

그 말인즉 마른 빨래를 개라는 의미였기에 구영수는 건조대에 널린 빨래를 쳐다보지 않았다. 대꾸도 하지 않았다. 오진희를 흘긋거리며 반응이 오기를 기다렸다.

"말랐어?"

부드러운 말투였다. 구영수는 핸드폰 화면에 뜬 '지금부터 아이템 두배'라는 배너를 터치했다. 레벨업과 안사람 단속을 동시에 할 수 있는 지금이 최상의 타이밍이라고 생각하면서.

"글쎄."

"글쎄?"

물소리가 뚝 끊겼다.

"말랐는지 확인 좀 해달라니까?"

구영수의 캐릭터 옆에서 얼쩡거리던 놈이 갑옷 아이템을 먼저 주워 먹는 바람에, 구영수는 계획했던 것보다 조금 더 짜증스레 답하고 말았다.

"아이 씨, 진짜. 피곤해 죽겠는데."

구영수는 오진희를 흘긋 쳐다보았다. 고무장갑을 벗은 오진희가 소파 가까이 다가오고 있었다. 마침내 그늘이 진 순간, 구영수는 갑옷을 훔쳐간 놈을 향해 캐릭터를 움직이며 건성으로 말했다.

"진희 너 그냥 일을 그만 둬."

"왜?"

오진희의 목소리는 낮고 굵었다. 구영수는 그때부터 자신의 태도가 잘못됐다는 걸 알았다. 하지만 어떤 마음에서인지 그 태도를 유지하고 싶었다.

"그거 해서 얼마나 번다고 그 고생을 해. 앞으로 집에서 살림을 전담해. 나도 쉬고, 너도 쉬고. 그게 편하잖아."

구영수는 이제 나오는 대로 말하고 있었다.

"그거 내려놓고 나 좀 볼래?"

오진희가 구영수를 향해 한 걸음 더 다가왔다.

"그냥 말해. 귀는 열려 있잖아."

그런 다음, 모든 일이 순식간이었다. 오진희가 구영수의 손에서 핸드폰을 빼앗아 벽에 던졌고, 핸드폰을 줍기 위해 허리를 숙인 구영수를 발로 찼고, 구영수는 화장대에 머리를 박았다. 벌떡 일어난 구영수는 오진희를 세게 밀쳤다. 오진희가 장롱에 부딪쳤다. 오진희는 아랑곳하지 않고 일어나 구영수의 핸드폰을 주운 뒤 바닥에 던져 완전히 작살냈다. 구영수는 오진희의 머리채를 잡았고 오진희는 놓으라고 두번 경고한 뒤 주먹 쥔 손을 구영수의 배에 사정없이 내질렀다.

정신을 차려보자 구영수는 배를 부여잡고 있었고, 오진희는 고요 속에서 고개를 떨구고 한참을 서 있다가 안방으로 들어갔다.

다음 날, 퇴근한 구영수는 가슴 졸이며 집 비밀번호를 눌렀다. 다행히 문이 열렸다. 그럼 그렇지, 생각하며 옷을 벗어 빨래 통에 넣기 위해 세탁실로 들어간 구영수는 오진희가 자신의 옷만 골라 세탁실 바닥에 부려놓은 것을 발견했다. 그다음 날엔 자신이 점심에 끓여 먹고 나간 라면 그릇을 설거지하지 않은 것을 발견했다. 오진희는 더는 저녁을 차리지 않았고, 침대 위 패드와 요를 반으로 접어 1인용으로 만든 뒤 홀로 잠들었다. 구영수의 베개는 소파 위에 덩그러니 놓여 있었다.

"원장님, 담배 다시 피우세요?"

영어 강사가 물었다.

"스트레스가 심하신가? 애들 시험도 끝났는데 여행이라도 다녀오세요."

또다른 영어 강사가 말했다.

"애인이랑 싸우신 거면 무조건 싹싹 비세요!"

채점을 하던 대학생 알바생이 경쾌하게 말했다.

일곱명의 강사와 두명의 알바생은 구영수의 안색을 살폈지만 누구도 맥주 한잔하자고 말하지 않았다. 구영수는 착잡한 마음으로 집으로 돌아갔다. 심경이 복잡했지만 결론은 하나였다. 오진희가 자신 곁에 있어주었으면 한다는 것. 어머니의 선물로, 자신의 존재를 빛나게 하는 사람으로, 안식처로, 착하고 불쌍한 사람으로. 그러려면…… 구영수는 옷을 벗고 씻으러 욕실에 들어갔다. 그리고 자신의 칫솔이 사라졌음을 알게 됐다.

칫솔이 쓰레기통에 처박힌 날, 구영수는 오진희 앞에 무릎을 꿇고 눈물을 흘렸다. 집을 나갈 수도 있었다. 더럽고 치사해서 다 끝낼 수도 있었다. 집을 구하고 새로운 사람을 만날 돈과 시간도 있었다. 그러나 구영수는 오진희를 사랑했다. 오진희여야만 했다. 오진희 옆에 있고 싶었다. 구영수는 자신이 못나고 오만한 남자였다고 말했다. 당신의 직업을 존중할 것이며 아무것도 요구하지 않겠다고 말했다. 다시는 당신을 무시하고 때리는 일이 없을 거라고 약속했다. 구영수는 눈물을 닦고 고개를 들어 오진희의 표정을 확인했다. 오진희는 눈썹 하나 꿈틀거리지 않고 구영수를 바라보며 물었다.

"그런데 너, 왜 그런 이상한 사과를 하는 거야?"

"어?"

오진희가 손에 든 핸드폰을 흔든 뒤 허공에 슬쩍 발길질하는 시늉을 했다.

"우린 같이 했잖아."

구영수는 그…… 하며 말을 끌다가 "시작은 나였으니까?" 하고 질문도 대답도 아닌 대꾸를 했다. 구영수를 바라보는 오진희의 새카만 동공이 깊이 반짝이고 있었다. 속을 꿰뚫는 눈. 구영수가 켜켜이 숨겨둔 두려움을 드러

내게 하는 눈. 구영수가 침을 삼키자 오진희가 하! 하고 웃고는 고개를 끄덕였다. 순간 구영수는 폭력적인 여자를 사랑한 사람이 되느니 착한 여자를 폭행한 남자가 되는 것이 낫다고 생각했던 속내를 들킨 기분이 들었다. 구영수는 오진희에게 맞은 갈비뼈에 시퍼렇게 멍이 든 것도, 부서진 핸드폰도 모두 자신의 잘못이라고 생각하는 편이 덜 두려웠다.

"좀 나가줄래? 아직 충격에서 덜 헤어났거든."

오진희가 장단을 맞춰주듯 말했기에 구영수는 다시 잘못을 저지른 사람의 표정을 지을 수 있었다. 역시 자신이 옳았다고 생각하며 터덜터덜 방문 밖으로 나설 수 있었다.

다음 날, 구영수가 집으로 돌아왔을 때 식탁 위에 김치찌개와 고봉밥 두 그릇이 놓여 있었다. 구영수는 슬금슬금 눈치를 보며 손을 씻고 나왔다.

"먹어도 돼?"

오진희의 짧은 끄덕임에 구영수는 식사를 시작했다.

저녁을 먹은 뒤, 샤워를 하고 나온 구영수는 안방 문틈으로 빼꼼 고개를 들이밀었다. 구영수를 발견한 오진희가 옆자리를 두드렸다. 구영수는 자신에게 주어진 기회를 결코 당연하게 생각하지 않는다는 의미를 담아 요 위에 불

편한 자세로 앉았다.

"난 이 일을 관두지 않아. 두번 다시 묻지 마. 그리고 이제부터 영수도 집안일을 해. 영수는 집안일을 잘 못하니까 내가 시키는 것부터 차근차근 해보기. 그게 싫으면, 내 인생에서 꺼져."

"열심히 할게."

구영수가 엄지와 새끼손가락을 펼쳐 오진희 앞에 내밀자, 오진희도 새끼손가락을 펼쳐 구영수의 손가락에 건 뒤 엄지를 펼쳐 도장을 찍었다.

"그리고 다시 한번 날 패면, 넌 자다가 죽을 거야."

이미 몇번 봐준 거라며 오진희가 장난스레 웃었다. 구영수는 그 순간 오진희의 미소에서 싸늘함을 느꼈다. 참 이상한 여자다, 하는 생각이 스쳤지만 내색하지 않은 채 오진희를 따라 웃었다. 그보다 더 큰 생각이 구영수를 압도하고 있었으니까.

'내가 맞았어.'

구영수는 자신의 계획대로라면 오진희가 분명 자신을 용서하리란 걸 알고 있었다. 변수는 있을 수 없었다. 자신이 오진희를 사랑하는 만큼, 오진희도 자신을 사랑하고 있었으니까. 그건 말로 하지 않아도 느껴지는 것이었다.

## 3

확진자,라는 말이 구영수는 멀리 있는 무언가라고 생각했다.

처음엔 우한 폐렴이라고 했다. 폐렴? 그런 건 면역력 약한 노인들이나 걸리는 거 아닌가. 오진희는 아니라고 했다. 면역력이란 추상적인 것이며 병이라는 건 누구나 걸릴 수 있으니 수업할 때 마스크를 꼭 쓰라고 했다. 확진자는 삽시간에 불어났다. 우한 폐렴은 코로나바이러스라는 새 이름을 얻었다. 무언가와 무언가가 결합해 변종 바이러스가 탄생한 거라는데, 듣는 것만으로도 심란해 구영수는 별로 알고 싶지 않았다. 병원에서 일하는 오진희 덕에 두 사람은 전국적으로 동이 난 마스크를 쟁여놓고 쓸 수 있었다. 그게 유일하게 다행인 점이었다.

구영수는 얼마 지나지 않아 정부 지침에 노심초사하느라 불면증에 시달리게 되었다. 대면 수업 금지가 연장되고, 연장되고, 또 연장됐다. 길거리에 돌아다니는 사람들이 전부 악마처럼 느껴졌다. 집구석에 좀 박혀 있으라니까. 제발 확진자 수 좀 줄이자니까. 처음엔 집합 금지 인원

수로 인한 강의실 배정이 문제였다. 확진자가 세 자릿수를 찍으며 원생은 3분의 1로 줄었다. 강사를 자른다고 잘랐지만 전부 정리할 수는 없었다. 언제고 정부 지침이 바뀌어 다시 수업을 개시할 수 있을 것만 같았고, 다시 구영수의 예측대로 이어지는 희망찬 날들로 돌아갈 수 있을 것만 같았다.

팬데믹 6개월째에 구영수는 결단을 내려야만 했다. 한 층에 세개 호실을 쓰던 학원의 규모를 줄인 것이다. 규모는 개원 초창기로 돌아갔지만 상황은 그때와 비교할 수 없을 만큼 처참했다. 무리하게 대출을 받아 사들인 6층 호실은 매매는커녕 월세로조차 들어오려는 사람이 없었고, 그 와중에도 은행 대출이자는 재깍 빠져나갔다. 구영수가 가진 모든 것이 빠져나가고 있었다. 오직 오진희만이 빈털터리가 된 구영수의 곁에서 힘을 내라고 말해주었다. 기침을 하면서.

"왜 기침을 해?"

"혹시?"

새벽녘, 오진희는 온몸을 사시나무 떨듯 떨었다. 구영수는 서랍에서 체온계를 꺼내 오진희의 귓속 체온을 쟀다. 40도. 코로나 의심 신고를 마친 구영수는 마스크를 꺼내 쓰곤 해열제를 찾아 오진희에게 먹였다. 오진희는 알약을 먹은 지 5분도 되지 않아 전부 토해냈다. 안 돼, 안 돼. 구영수는 해열제를 한알 더 까 오진희에게 먹이고, 찬 수건으로 오진희의 몸을 닦았다. 체온이 40도 아래로 떨어지지 않았다. 구영수는 119에 전화를 걸었다. 구급대원이 열 경기를 일으킨 오진희를 진공포장 팩 같은 것에 넣어 이송해 갔다. 확진 의심자인 구영수는 격리실로 사용되는 인근 대학교 기숙사로 옮겨졌다.

곧 요양병원에서 일하는 A씨가 알 수 없는 경로로 감염됐다는 뉴스가 나왔다.

한달 만에 다시 만난 두 사람은 애틋함을 느끼기도 전에 현실을 마주했다.

구영수는 학원 문을 닫았다. 미래 가치를 생각하고 무리하게 학원을 확장했던 터라 버틸 자본이 없었다. 자영업자를 위한 코로나 긴급대출이 마지막 희망이었으나 이미 너무 많은 대출금이 있어 자격이 되지 않았다.

오진희는 6년을 근무한 샘빛 요양병원에서 잘렸다. 자를 거면 실업급여라도 받을 수 있게 계약기간 만료로 인한 퇴사로 처리해달라고 했으나, 원장은 구상권 청구를 하지 않는 것을 다행으로 알라고 했다. 오진희는 일터와 집밖에 모르는 사람이었다. 어르신을 만지기 전엔 반드시 손을 소독해 오진희가 돌본 어르신 중 누구도 코로나에 감염되지 않았다. 오진희가 노동청에 신고하겠다고 나선 뒤에야 원장은 오진희의 요구대로 해주었다. 실업급여를 받는 중에도 오진희는 이력서를 넣었다. 한군데서도 연락이 없었다. 정부지원금은 요양병원의 중요한 수입이었다. 정부는 요양병원의 고용이 유지되거나 늘지 않으면 지원금 액수를 줄이거나 가산점을 주지 않았다. 오진희는 업계에서 '찍힌' 것이었다. 재가노인복지시설에 다니기 시작했지만 정부의 노인 일자리 지원사업 때문에 젊은 오진희에겐 일거리가 몇개 떨어지지 않았고 그마저도 요양보호사들 사이에서 '험지'로 소문난 환자들 집으로 배정받기 일쑤였다.

"사명감으로 일하는 사람한테 정말 너무한 거 아냐?"

구영수는 오진희의 얘기를 듣고 화가 나 그렇게 말했다. 찬장을 열어 그릇을 정리하던 오진희가 잠시 멈칫했다. 오진희의 반응을 눈치채지 못한 구영수는 식탁에 앉아 오진희가 보호자에게서 선물로 받아 온 투게더를 퍼먹으며 흥분한 채 말을 이었다.

"어머니 돌아가셨을 때 내가 왜 울었는지 알아? 네가 어머니 손을 주물러서 따듯하게 해줘서, 그래서 울었어. 내가 일 관두라고 했을 때도 마찬가지야, 보통 쌍수 들고 환영하지 누가 화를 내. 요새 진희 너 같은 사람이 둘이 있어 셋이 있어? 면역력 약한 노인들 위해서 위생은 좀 끔찍하게 생각해? 난 알아. 처음 봤을 때부터 딱 알았다니까? 보호자한테 왜 그렇게 늦게 왔냐고 핀잔할 수 있다는 건,"

"좀 따지고 싶어서 그랬지."

"어?"

구영수는 멈칫했다.

"배고파 죽겠는데 네가 너무 늦잖아. 환자 사망 시엔 보호자 인계가 끝나야 내 일이 끝난단 말이야. 그래도 어머님이라서 괜찮았어. 친했으니까."

어어…… 구영수는 오진희의 뒷모습을 바라보았다. 오진희는 무용하듯 까치발을 들고 긴 팔을 뻗어 왼편에 있는 찬장에서 접시 하나를 우아하게 빼냈다. 어떻게 소리도 내지 않고 저렇게,

"위생은, 먼저 나를 위함이지. 요양병원도 병원이니까? 병원엔 균도 사람도 많아."

이가 나간 접시를 바라보던 오진희가 잠시 고민하다 접시를 다시 찬장에 원위치시키며 물었다.

"영수는 학생이 자식 같아서 가르치는 일을 시작했어?"

벙 찐 구영수가 입을 열었다.

"그건 아니지만, 가끔은 자식 같기도 하던데."

"나도 그래. 가끔은 부모님 같아. 근데 일이란 게 다 그런 거 아니야? 각자의 사정에서 할 일을 하는 거지, 내가 대통령도 아니고 사명감은 무슨."

그 순간, 녹아가는 아이스크림을 앞에 둔 구영수의 가슴속에 깊은 실망과 함께 불안이 스쳤다. 그것과 이것이 어떻게 연결되는지는 모르겠으나, 오진희가 환자를 떠나듯 자신을 떠나버리는, 일을 하듯 사랑을 하는 무심한 모습이 그려졌다. 구영수는 자기 앞의 불안을 해결하려 질문을 던졌다.

"기억에 남거나 다시 돌보고 싶은 어르신은 있지? 있을 것 같은데."

당연하지, 하며 오진희가 집게손가락을 반짝 들고는 밝은 목소리로 말했다.

"나를 특히 마음에 들어하셔서 늘 돈을 찔러주던 어르

신이 있었어. 제일 그립지. 근데 돌볼 순 없어. 돌아가셨거든."

구영수는 돌아온 답에 크게 좌절했다. 아이스크림을 너무 퍼먹어 그런지 몸에 한기가 드는 것 같았다. 부르르 몸을 떤 구영수는 순간 강한 충동에 휩싸였다. 오진희가 떠나지 못하게 독점하는 동시에 오진희로부터 독점당하고 싶었다. 기회는 올 것이다. 아니, 만들 것이다. 구영수는 그렇게 생각하며 성큼성큼 걸어가 오진희를 와락 껴안았다.

독점의 기회는 구영수가 생각하지 못한 방식으로 왔다.

두 사람이 뉴스를 틀어놓고 말없이 식사를 하던 어느 저녁이었다. 술이라곤 한 방울도 마시지 않던 오진희가 웬일로 귀가하며 사 온 소주에 두부김치 하나를 반찬 겸 안주로 두고 두 사람은 주거니 받거니 한잔씩 걸쳤다. 소주 한병을 다 비워갈 때쯤 경기도 모처의 K은행에서 임직원이 서류를 조작해 대출 사기를 저질렀다는 아나운서의 목소리가 들려왔다. 공교롭게도 그날 낮, 오진희는 주택담보대출 원금 상환일을 앞두고 원금상환유예 심사를 위해 온종일 서류를 떼러 다녔다. 오진희는 젓가락을 든 채 뉴스 화면을 뚫어져라 바라보았다. 구영수도 고개를 꺾어

티브이를 보았다.

*부동산 PF 부실로 인한 대규모 뱅크런*

*금융사고와 임직원 비리까지, 은행 불신 커져*

뉴스 화면 자막을 보던 구영수가 말했다.

"그래도 잘 먹고 잘살겠지."

K은행은 구영수가 꼬박꼬박 대출이자를 내고 있는 은행이었다.

"보면, 은행이 제일 나빠. 은행은 어떻게든 살아나. 어떻게든 피를 빨아."

오진희가 김치를 올리지 않은 새하얀 두부를 입에 넣으며 말했다.

"대출받은 사람이 돈을 갚으면 좋고, 못 갚으면 더 좋을 걸. 담보 물건을 헐값에 가져올 수 있으니까."

구영수가 물로 입을 헹구며 말했다.

"은행은, 당해봐야 돼."

"은행은, 돈이 얼마나 쓴지 몰라."

"은행은, 돈이 한 사람의 인생이라는 걸 몰라."

두 사람은 식탁에 앉아 날이 새도록 은행을 욕했다. 그렇게 마음이 잘 통했던 것이 실로 오랜만이었다.

"우린 평생을 은행에 돈 갖다 바치는 노예로 살겠지."

잠자리에 누운 오진희의 목소리가 그 어느 때보다 차분했다.

"복수 한번 못해보고."

구영수가 받아쳤다.

"복수?"

오진희의 말에 구영수는 대꾸하지 않고 눈을 감았다. 짧은 한숨을 쉰 오진희는 구영수의 노트북을 꺼냈다. 날이 밝을 때까지 노트북 불빛이 오진희의 새카만 눈동자를 밝게 비췄다.

그간, 구영수는 오진희가 좀 순진하다고 생각했다. 세상 이치에 어둡고 하던 일만 하려는 면이 있달까. 친구도 없고, 반복되는 일상에 만족하며 묵묵히 요양보호사로 일하는 것만 봐도 그랬다. 아직 젊으니 비전이 있는 다른 일을 할 수도 있을 텐데, 새로운 걸 시도하는 게 무서운 건가 싶기도 했다. 브리핑을 하는 오진희를 보기 전까지는 그랬다는 말이다.

"잘 들어."

오진희의 브리핑은 K은행을 터는 방법에 대한 것이었다. 우선 전동 킥보드를 구매해 최대 시속을 110킬로미터까지 낼 수 있게 개조할 거라고 했다. 왜 킥보드냐 하면, 킥보드엔 번호판이 없고 모델도 구분하기 어려워 CCTV에 찍힌다고 해도 찾아낼 방법이 없다고 했다. 구영수는 상당수의 은행 강도들이 오토바이나 차량 때문에 잡힌다는 사실도 오진희 때문에 알게 되었다. 구영수는 오진희에게 왜 그런 것을 알고 있냐고 묻고 싶었지만 기세에 눌려 잠자코 고개를 주억거렸다. 오진희는 콕 집어 K은행 E마을 지점을 털 거라고 했다. 반드시 그곳이어야 한다고. 시골 동네라 만만해서 골랐을 거라고 구영수는 짐작했다.

"시골이라 돈은 얼마 없을지도 몰라."

내가 맞았군, 생각하며 구영수는 물었다.

"왜 돈도 없는 거길?"

"이번에 지점장 비리 터진 지점이야. 우리 둘이 현찰 털어봐야 몇백일 텐데, 머리가 있으면 신고 안 할걸?"

의아해진 구영수가 다시 입을 열려는 찰나, 오진희가 말을 이었다.

"신고해서 걸리면 더 좋아. 그럼 은행 망하는 꼴이라도 보겠지. 우리 같은 것들한테 털리면 그게 은행이야? 동네

구멍가게 할머니도 금고는 안 털려."

구영수는 다시금 고개를 주억거렸다.

"우리 목적이 뭔지 알겠지? 돈이 아니라 복수야. 복수가 목적이라면, 우리는 어떤 결말이라도 성공하게 되어 있어."

우리? 구영수는 자기 안에서 확신의 불이 꺼졌음을 느꼈다. 돈 때문도, 사업이 망해서도 아니었다. 오진희 때문이었다. 오진희라는 사람을 알고 있다는 믿음, 거기에서 오는 자신감의 불이 꺼지자 다른 종류의 자신감들도 삽시간에 진화되었다. 오진희와 결합할 기회는 그렇게 모든 것을 내려놓은 뒤에야 극단적인 방식으로 찾아왔다.

"영수야, 말 나온 김에 말인데, 우리 그날 혼인신고 하자."

구영수는 눈을 끔뻑거리며 오진희를 바라보았다.

"법적으로 부부가 된 날 불법을 저지르는 공범이 되는 거지."

오진희는 자기 말에 자기가 웃고는 얼이 빠진 구영수의 볼을 쿡 하고 찔렀다.

구영수는 혼돈 속에서 자기 자신에게 질문했다. 아직 저 여자를 사랑하는가. 질문을 바꿨다. 내가 저 여자를 저렇게 만든 건 아닌가. 그러자 오진희와 몸싸움을 벌였던 순간이 떠올랐다. 떠오르는 비이성과 야만의 순간들에 구영수는 수치스러웠다. 부서진 핸드폰, 차고 밀치고 맞고 때리고, 용서를 빌었던 그 순간이. 그러고도 사랑을 속삭였던 그다음이. 그럼에도 구영수는 미쳐버린 오진희의 마음과 결합하고 싶었다. 복수. 이상하고 감정적인 선택. 비논리적이고 괴상한 일. 어쩌면 운명이라고밖에는 설명할 수 없는. 구영수는 설거지를 하거나 용변을 보거나 운동화를 꿰어 신는 순간마다 오진희의 말을 빌려 생각했다. 자신의 목적은 사랑이라고. 사랑이 목적이라면, 우리는 어떤 결말이라도 성공하게 되어 있다고.

## 4

두 사람은 경기도 Y시의 넓은 공터에 차를 세웠다. K은행 E지점으로부터 500미터가량 떨어진 그곳엔 이미 주차된 차들이 많았다. 대형 트럭, 번호판 없는 승용차, 폐차 직전의 버스들. 오진희가 어떻게 물색한 건지 모를 그곳은 오가는 사람 하나 없이 황량했다. 오진희는 3M 장갑을 꺼내 끼고 구영수에게도 한켤레 건넸다. 이미 두 사람 다 오진희가 구해 온 러시아제 방탄조끼를 티셔츠 안에 입고 있었다.

"코로나라 이거 하나는 좋네."

두 사람은 하얀색 마스크를 썼다. 조금도 수상해 보이지 않았다. 트렁크에서 전동 킥보드도 꺼냈다. 개조는 오진희가 인터넷 커뮤니티를 뒤져 직접 했다.

"영수야, 혹시나 잡히더라도, 감옥은 그렇게 무서운 곳이 아니야."

구영수는 낚시 모자의 조임 끈을 쥔 채 오진희를 바라보았다.

"그걸 네가 왜 알아?"

"으이그, 뭘 또 물어보고 그러냐. 척하면 척이지. 영수 너는 가만 보면 참 순수하더라? 사람이 너무 곧이곧대로여도 못쓰는데."

오진희는 사랑을 고백하듯 그 말을 던지곤 전동 킥보드에 올랐다. 구영수는 오진희의 가녀린 등을 잠시 바라보았다. 활짝 웃고 있을 오진희의 덧니가 눈에 선했다. 구영수도 전동 킥보드에 올랐다. 여러번 연습했듯 오진희를 뒤에서 감싸안는 포즈로, 킥보드의 핸들 가운데를 꽉 붙잡은 채.

"출발할게!"

전동 킥보드는 빠른 속도로 달렸다. 오진희가 가고자 하는 방향으로, 언제까지고 뻗어나갈 수 있을 것만 같은 속도로. 구영수는 흩어지는 논밭의 풍경을 바라보다 바람을 이기지 못하고 눈을 질끈 감았다. 고글도 쓰지 않았는데 오진희는 어떻게 이 바람을 뚫고 전동 킥보드를 몰 수 있는 걸까, 생각하면서.

은행 앞 마을버스 정류장엔 보따리를 든 할머니 한분이 앉아 있었다. 정류장에 전동 킥보드를 세운 오진희는 주머니에서 신문지로 감싼 칼처럼 위장한, 끝이 유난히 뾰족한 오이를 꺼내 들고 K은행 뒷문으로 향했다.

"이게 통할까?"

구영수가 물었고,

"일단 청경 허리춤에 들이밀면 나머지는 상상력이 해결해줄 거야."

오진희가 답했다.

구영수의 눈앞이 하얘지며 현실의 풍경이 서서히 뭉개졌다. 오진희가 새파랗게 어린 청경의 허리춤을 오이로 찔러 위협해 손목에 수갑을 채우는 동안 구영수는 가방을 앞으로 멘 채 창구 안으로 들어섰다. 마감 중인 창구에서 오진희가 시킨 대로 묶여 있지 않은 현찰만을 꺼내 배낭 안에 쓸어 담은 뒤, 두 사람의 짧은 메시지, '*복수 -고객 올림*'이라고 적힌 메모지를 창구 직원의 모니터 중앙에 붙여놓았다. 모든 것이 끝났다. 중요한 일이라는 게 다 그렇듯 너무나도 허무하게.

"최고의 부부는 말이다, 남편이 도둑질을 해 오면 여편네가 신고를 하는 게 아니라, 남편이 도둑질해 온 물건을 여편네가 갖다 파는 부부란다."

어머니가 해준 말이었다. 현찰로 무거워진 가방 탓에 전동 킥보드의 속도가 느려진 게 느껴져 조급한 와중에, 왜 어머니가 옛날 옛적에 해준 그 말이 생각났는지 구영수도 모를 일이었다. 오진희는 한마디 말도 없이 전동 킥보드를 몰더니 공터 옆의 산에 이르러 고랑에 전동 킥보드를 처박은 뒤 달리기 시작했다. 구영수도 따라 달렸다.

"너 운전 못하겠지?"

구영수는 숨을 헐떡이며 고개를 끄덕였다. 오진희가 운전석에 올랐다. 구영수는 조수석에 타자마자 엉엉 울며 마스크를 집어던졌다. 오진희가 시동을 걸어 Y시 톨게이트를 빠져나가는 순간까지 구영수는 눈물이 멈추지 않았다. 어머니가 어째서 오진희라는 사람을 선물로 주신 걸까. 최고의 부부가 되라고? 어림없는 소리. 은행 강도는 반드시 잡히고 말 거였다. 구영수는 감옥에 갈지도 모른다는 두려움에 자신의 곁에 아무도 없었던 그 시절로 돌아가고 싶다고 간절히 생각했다.

"우리 잡힐 거야. 분명히 잡힐 거야."

그럴 일은 없을 거라고 말해주길 바라며 구영수는 중얼거렸다.

"영수야, 의자 뒤로 젖히고 눈 감아. 왼손은 배에, 오른손은 가슴에. 그리고 호흡에 집중해."

구영수는 오진희의 말대로 의자를 뒤로 젖힌 채 두 손을 배와 가슴에 얹었다.

"진희야. 넌 어떻게 떨지를 않아?"

구영수가 보기에 오진희는 은행을 턴 사람이 아니라 그곳에 들러 적금이라도 들고 나온 사람처럼 평온했다.

"네가 떠니까. 한 사람이 떨면 나머지 한 사람은 안 떨게 되어 있어."

오진희가 부드럽게 액셀을 밟았다. 그거참 맞는 말이라고 생각하며 구영수는 깊은 잠에 빠졌다.

## 5

2027년 5월 3일, 두 사람은 결혼기념일을 맞아 식탁에 마주 앉았다. 구영수가 케이크를 사 왔고 오진희는 딸기를 씻었다. 저녁은 각자 먹고 들어왔다.

구영수는 새로운 학원을 차렸고 오진희는 요양병원에 재취업했다. 달라진 듯 달라진 게 없는 것 같기도 했고, 달라지지 않은 듯 모든 게 달라진 것 같기도 했다.

두 사람은 바쁘게 각자의 일상을 보냈다. 평일이고 주말이고 할 것 없이 열심히 일해 은행 빚과 카드 빚을 막았고 보험료를 납입했다. 구영수는 이제 오진희가 웃어도 전처럼 뿌듯하진 않았다. 대신 안심이 됐다.

"우린 은행을 턴 사람들이잖아."

어려운 일이 생길 때면 두 사람 다 그런 농담을 던지곤 했다. 무엇이든 헤쳐나갈 수 있다는 의미를 가진 둘만의 밀담이었다. 그런 의미에서 결혼기념일 식탁 위엔 그날 썼던 가방이 올라왔다. 가방 안에 든 돈은 그대로였다. 처음엔 그 돈을 쓰면 잡힐 것 같아 못 썼는데, 시간이 흐르자 그것이 두 사람의 결합을 나타내는 상징처럼 느껴지면서 못 쓰게 되었다. 둘 중 누구도 그런 말을 하진 않았지만, 이심전심으로 알고 있는 서로의 마음이었다. 그날의 일은 오진희의 예견대로 기사 한줄 실리지 않았다. 구영수는 그날 일을 생각하면 여전히 가슴이 뛰었다. 구영수의 인생에 그토록 큰 이벤트는 없었으니까. 그럼에도 구영수는 지금 여기, 자신이 안락한 혼돈 속에서 너울대는 이유가 은행을 털었다는 사실과는 별개라는 것을 알았다. 혼돈은 여전히 오진희라는 사람과 함께 밥을 먹고, 잠을 자고, 사랑을 속삭이는 일상에서 왔다.

'내가 맞았어.'

구영수는 생각했다. 비록 오진희를 오해한 채 사랑하게 되었다고 해도, 오진희가 자신의 삶을 완전히 바꾼 대단한 여자라는 사실은 변하지 않았으니까.

구영수는 가끔 오진희가 맥없이 두려워 자다가도 벌떡 일어났고, 일어난 뒤엔 곁에서 잠든 오진희를 바라보다 다시 잠들었다. 하나가 아니라 둘이라는 사실. 서로의 인생을 완벽히 저당 잡았다는 사실. 네가 나를 망하게 할 수 있다면, 나도 너를 망하게 할 수 있다는 불안한 사실이 주는 안정감. 그 결속을 이뤄낸 성취감으로 구영수는 살아갈 수 있었다. 케이크를 사고 초를 꽂고 불을 붙일 수 있었다.

"소원 빌자."

오진희가 양손을 모으고 눈을 감았다. 구영수도 양손을 모으고 눈을 감았다.

"무슨 소원 빌었어?"

구영수가 물었다.

"비이밀."

오진희가 훅 하고 단숨에 초를 껐다.

"그럼 나도 비밀."

구영수는 연기가 피어오르는 초 앞에서 두 손을 맞잡고 소원을 빌었다. 티브이 위에 올려둔 원앙 한쌍만이 두 사람의 비밀을 알았다.

# 물이 가는 곳

단장이 재킷을 걸치며 목요일 저녁에 있을 MBA 동기 모임에 동석하지 않겠냐고 물어 좋다고 답했다.

"옷 좋은 거 입고 와요."

나는 웃으며 고개를 끄덕였다. 단장은 요즘 나를 눈에 띄게 아꼈다. 우수인증설계사 메달이 박힌 명함을 새로 파 건네는가 하면 어제저녁 회식 자리에서는 '함께 가면 멀리 간다'라는 건배사를 외치며 노골적으로 내 쪽으로 잔을 부딪쳐 왔다. 단장이 그러는 이유가 짐작이 갔다. 내가 어떤 파이프라인을 통해 지속적으로 실적을 올리는지, 모집은 물론 유지까지 탄탄하게 이어가는지 궁금한 거겠지. 함께 가면 멀리 간다는 말이 일종의 아쉬운 소리라는 걸 모를 리 없었다. 알려달라는 것이다. 내 방식으로 재도 살고 나도 살고 같이 좀 살자는 거다. 단장은 비밀 유지를 당부하며 인센티브 요율을 높여주면서도 내가 다른 팀장들과 따로 만남을 갖지는 않는지 살폈다. 그는 내가 새로운 팀을 꾸려 떠날까 걱정하는 거겠지만 나는 그런 복잡한 짓을 할 생각이 없었고, 나만의 패러다임을 전파할 생각도 없었다. 나는 내가 만든 왕국에서 나만의 전쟁을 이어가고자 할 뿐이었다. 아무도 피 흘리지 않는 고요한 전투를.

근 일년간 나에게 있어 보험을 파는 일이란 예시예종(禮始禮終), 예로 시작해서 예로 끝나며 유능제강(柔能制剛), 부드러움이 능히 굳셈을 이긴다는 유도의 근본과 일맥상통했다. 소싯적부터 나의 몸과 마음을 키운 유도는 내 귀만 변형시킨 것이 아니었다. 엎어지고 메쳐진 지난날들이 내가 매트 밖에서도 우아하게 상대를 조를 수 있는 비결이었다.

"날씨가 미쳤네."

단장이 말했다. 굵은 빗줄기가 어두운 유리창을 사정없이 두드리고 있었다.

"종일 쏟아지네요."

"왕님 안 가? 태워다줄까?"

그는 내 이름 끝 글자를 따 나를 '왕님'이라고 불렀다.

나이가 훨씬 많은 나를 위하는 호칭이었다. 나는 저녁에 미팅이 있다고, 살펴 가시라고 말했다. 사실이기도 했지만 태워다준다는 말에 좋다고 따라나설 만큼 눈치가 없진 않았다. 그는 웃으며 내 자리를 훔쳐보는 시늉을 하고는 파이팅을 외치며 사무실을 나섰다. 모니터 아래 시계를 보니 오후 4시 32분. 금요일 오후라 그런지 사무실은 거의 비어 있었다. 러시아워 전에 나가야 할까, 잠시 고민하다 핸드폰을 꺼냈다. 오늘 미팅 장소는 일찍 도착해도 기다릴 곳이 마땅치 않은 허허벌판의 공장이었고, 음습하고 구석져 귀신이나 살 것 같은 그 동네를 나는 훤히 알고 있었다. 아내와 두 딸이, 다른 누구도 아닌 나의 실수로 인해 갇혀 있는 그 동네를.

인스타그램을 열어 게시물 작성 버튼을 눌렀다. 사진은 군데군데 읽다 덮은 『모두가 지는 싸움』의 표지를 골랐다. 미국에서 16주간 판매 1위를 찍었다는 환경 관련 서적이었다. 내용 자체는 흥미로웠지만 글쎄, 1위를 할 만한 책인가. 주제가 명확하지도 않고 결론도 없어 무책임했다. 빙하가 녹아서 시베리아가 펄이 되고 나라 몇개가 없어지면 뭐, 어쩌라고? 인도와 중국에 대고 공장 문을 닫으라고 한들 말을 들을까? 그건 개발을 끝낸 곳에서나 할 수 있는 말이 아닌가. 여태껏 많은 것을 누려온 이들이나 바닥을 치며 '이제 그만'을 외칠 수 있는 거 아니냐고.

어쨌거나 나에게 중요한 건 그 책이 1위를 찍었다는 사실이었다. 이러니저러니 해도 숫자엔 구라가 없었다. 많은 사람들이 읽었다는 사실만이 중요했다. 나는 내용을 적기 시작했다.

*환경, 문제다 문제!*

강렬한 첫 줄로 사람들을 사로잡고,

*부산에서 철강 수출업을 하시는 대표님의 말씀입니다. 리사이클에 대해 심도 있는 대화를 나눈 저희는 결국 서로가 서로를 돕는 것만이 모두를 이롭게 한다는 결론에 이르렀습니다.*

*때아닌 폭우가 내리는 오늘…… 보험도 이와 같지 않을까 생각합니다. '대표님힘내세요' 보험은 갑작스러운 재해와 재난 상황에 대표님의 자식 같은 업체가 흔들리지 않게 손을 잡아드립니다. 대표님들은 사업 걱정만 하세요. 다른 걱정은 국가 공인 종합금융투자 자산관리사이자 전문 보험인인 제가 다 하겠습니다.*

*샵, 지구온난화, 샵, 이상기후, 샵, 기후변화, 샵, 모두가*

*지는싸움, 샵, 베스트셀러, 샵, 독서일기, 샵, 책스타그램, 샵, 일상기록*

순식간에 좋아요가 눌리기 시작했다. 대댓글을 달며 뿌듯함을 느끼다 시계를 보니 어느새 여섯시가 가까워지고 있었다. 서둘러 재킷을 걸치고 가방을 챙겼다. 공대표에게 줄 4만 7천원짜리 마카롱 세트도 잊지 않았다. 엘리베이터를 타고 1층 버튼을 눌렀다. 문이 열리자 젖은 바닥이 눈에 들어왔다. 바보 같으니, 우산을 두고 왔군. 14층 버튼을 누르고 다시 사무실로 올라갔다. 자리로 돌아가니 책상 위에 태블릿과 땀 억제제가 놓여 있는 게 보였다. 나도 참, 제일 중요한 걸. 땀 억제제의 뚜껑을 열어 이마와 목덜미에 롤링했다. 아무리 지구가 뜨거워졌다고 해도 2월 중순에 필요한 물건은 아니었지만 나에겐 달랐다. 땀 억제제를 책상 위에 올려두고 가방에 태블릿을 넣었다. 다시 1층 버튼을 누르는 순간 번개처럼 가슴 깊은 곳에서 감사의 마음이 차올랐다. 우산을 놓고 나오는 바람에 되돌아오지 않았다면 태블릿이 없다는 걸 몰랐을 거고 그러면 오늘 계약을 체결하지 못했을 수도 있었다. 내가 지난 일년 만에 전체 빚 3분의 2를 털어낼 수 있었던 것도 되돌아간 덕분이었다. 엘리베이터 문이 열렸다. 나는 회사 로고가 박힌 골프 우산을 활짝 펴고 지하철역을 향해 기분 좋은 걸음을 옮겼다.

*

일년 전, 탐정사무소를 운영하는 용선배를 만나러 갈 때까지만 해도 나는 아직 깨닫지 못한 자였다. 지금의 GA사, 그러니까 모든 보험사의 상품을 취급하는 법인보험대리점에 발을 들인 지 반년째 되던 날이었다.

그날 팀장은 아침부터 나를 불러 앉혔다. 내가 간신히 성사시킨 경영인 보험이 해약된 걸 알고 있냐는 거였다. 모른다고 말하면 더 큰 화를 입을 것 같아 그냥 고개만 떨궜던가. 고객이 보험을 해약하면 설계사는 기존에 지급받은 모집 수수료와 인센티브를 전부 뱉어내야 했다. 그러나 나는 이미 그 돈으로 4금융 빚을 털어 끌어올 돈이 없었다. 화장품 제조회사 대표의 주름 하나 없는 얼굴이 선명히 떠올랐다. 그 한건의 보험을 위해 식약처 인증의 도사가 된 나였다. 경영인 보험은 무조건 대가성 보험이었다. 나라에서야 대가성 보험이 문제네 뭐네 했지만 그건 업계 사정을 모르는 전형적인 탁상행정에 불과했다. 법인 보험을 파는 설계사들은 준경영인이 되어 재무제표를 파악하고 당해의 순이익을 계산해 법인세를 들먹이면서, 돈 벌어서 다 세금 내실 거냐 으름장을 놓는 방식으로 경영인 보험을 팔았다. 국가지원사업의 요건에 맞게 직원 수부터 주식 배분, 때로는 대표이사의 성별까지 세팅해주는 대가로 보험을 팔기도 했다. 그 모든 걸 파악하기란 어려웠으므로 업종마다 각자의 전문 분야가 있었는데, 나는 인증마크 전문으로 해썹(HACCP)과 식약처 인증을 받게 해주는 대가로 보험을 파는 전략을 택한 즈음이었다. 해약은 내 계획에 없었다. 어떻게 사람 된 도리로, 온갖 인맥을 총동원해 자기 사업을 살린 설계사에게 일언반구도 없이 해약하는 악행을 저지를 수 있단 말인가.

팀장은 방출을 말하는 대신 자존심을 긁었다. 이미 다 알고 있는 법인보험 기초교육을 다시 듣고 오라고 했다. 경영인 보험만이 아니라 다른 보험이라도 팔아 위기를 넘겨야겠다는 생각이 들었다. 화재보험 설계를 짜 용선배를 찾아간 건 그런 이유였다.

“김기왕이 근육 많이 빠졌는데, 샌님 다 됐네.”

용선배가 주먹으로 내 가슴팍을 치며 말했다.

"선배는 좋아 보인다. 여긴 뭐, 변호사 사무실 같네."

운동부 2년 선배인 용선배는 쫄딱 망해 유도장 문을 닫은 나에게 보험설계 일을 추천한 사람이었다. 운동 인맥은 이럴 때 쓰는 거고, 작더라도 사업하던 놈은 절대로 월급쟁이로 못 산다면서.

GA사로 들어가기 전, 나는 용선배가 소개해준 팀장 밑에서 3년을 일했다. 상해와 질병, 실비 상품을 판매하는 곳이었다. 일반인을 상대로 하기에 보장 범위를 잘게 쪼개고 보험료를 낮게 설계해 박리다매 형식으로 가입 승인을 쳐야 승산이 있는 곳이었다. 그만둔 건 능력이 부족한 탓이 아니라 나를 담기에 그곳이 너무 작다는 걸 느꼈기 때문이었다. 그 시절 나는 주말에 까마득한 후배놈 체육관 개업식에 찾아가 전단지를 나눠주고 보험을 팔았고, 신도 수를 채워야 자신이 권사인지 집사인지가 될 수 있다는 빌라 주인집 할머니의 요청에 교회에 가서 자기소개를 하고 보험을 팔았다. 그야말로 어떻게 하면 하나라도 더 팔 수 있을지 고민하며 보낸 나날이었다. 그렇게 해야, 아니 그렇게 해도, 까마득히 높은 이자의 장벽을 허물고 원금에 다다르기에 턱없이 부족했다.

"그러게 왜 거길 그만뒀어, 잘하고 있었다며."

나에겐 전쟁터가 필요했으니까. 그곳을 박차고 나오던 점심시간이 떠올랐다. 모니터 앞에서 실효 건을 살피며 전화를 돌릴 준비를 하던 차였다. 갑자기 김치 얹은 수육이 입에 들이밀어졌다. 뭐 그리 심각하냐고, 이거나 먹어 보라면서. '강원도 배추' '젓갈이 두 종류' 그런 말들과 함께 까르르까르르 동료들이 웃는 소리가 들렸다. 나는 쌈을 잡아채 바닥에 던졌다. 분노를 주체하지 못한 나는 소리치고 말았다.

"장난해요? 인, 사가 장난이야?"

회사가 장난이냐고 해야 했는데 인생이라고 말할까 회사라고 말할까 주춤하다가 결국 둘 중 한가지도 제대로 내뱉지 못했다. 그게 분해 나는 책상을 주먹으로 사정없이 내리쳤다. 동료들은 물론 드문드문 앉아 있던 다른 팀 사람들까지 고개를 빼고 나를 쳐다보았다. 싸늘해진 분위기의 사무실을 빠져나올 때 뒤에서 "인사하라고 저러는 거야?"라는 소리가 들렸다. 누구에게도 이해받지 못할 모멸감으로 한여름 뙤약볕 아래를 걷고 또 걸었지. 치열한 전쟁터를 꿈꾸면서. GA사는 그런 필사즉생(必死則生)의 심정으로 옮겨 온 곳이었다.

"보험 때려치우고 나랑 사진이나 찍으러 다니자."

뭘 믿고. 용선배는 경찰청에 있을 때 뒷돈을 받아 경질됐다. 내 몫의 돈을 후려칠 게 뻔했다.

"부탁할게 형. 하나만 들어줘."

보험계약 서류를 내밀자 용선배가 사무실 의자에 등을 기댔다.

"나도 요새 힘들어. 불경기라 사람들이 불륜을 안 해."

"그거에도 경기 영향이 있어?"

"그럼 인마. 돈이 있어야 애인을 사귀지. 그래서 요즘엔……"

됐다, 아니다. 용선배가 말을 하다 말았다. 하다 만 말엔 진실이 있게 마련이었다.

"뭔데 그래. 불륜 소개팅이라도 주선해?"

나는 비죽비죽 웃었다. 선배는 예상을 벗어나지 않고 의자에서 등을 뗐다.

"안 기다리고 찾아가. 보험이랑 비슷한 거지. 평일 낮에 모텔이나 호수 근처 카페에서 기다렸다가 그냥 냅다 찍는 거야. 찍은 다음에 쫓는 거지. 근데, 찍었다 하면 백 프로야."

"에이, 난 또 뭐라고."

나는 차를 홀짝였다. 용선배가 더 흥분하게 하기 위한

전략이었다.

"봐라. 평일 낮에 호숫가 카페에 앉아 있을 수 있는 사람이 몇이나 될 것 같냐. 거의 사업하는 사람이야. 잔바리 회사원이 아니라는 거지. 그중에 신발이 고급인 놈. 그놈은 백 프로 대표야. 대표가 좋은 게 뭐냐. 융통이 쉽잖아, 융통이."

대표라, 나는 멍청한 말을 하는 것으로 용선배의 답답함을 자극했다.

"그걸 와이프한테 찌르는구나!"

"뭔 헛소리야. 남의 가정 파탄 낼 일 있냐? 현상해서 조용히 퀵 보내지. 그놈 회사로. 그리고 요새 불륜에 성별 없다, 제수씨도 또 모른다 너."

나는 웃음기를 거뒀다. 용선배는 내 표정을 살핀 다음에야 이혼당한 나에게 잘못된 농담을 던졌다는 걸 알아차린 눈치였지만 수습하지는 않았다.

"대단하다 형. 나야 힘쓰는 법밖에 모르는 무지렁이인데 그런 세상을 알 리가 있나. 보면 형이 늘 영리하고 눈썰미가 좋았어. 성공할 줄 알았다는 말이야."

힘없이 칭찬하기. 진정한 부러움을 연기하기. 그러곤 가방을 챙기기. 나의 최종 조르기에 선배는 급격히 어두워진 표정으로 자기가 버는 돈이 그래봐야 300 정도 되는 가상화폐라고 하더니 현실적인 금액이라야 협상도 쉽고 리스크도 적다고 말했다. 여태까지 신고한 인간은 없지만……

"사건이라는 게 반복될수록 적립이 되잖냐. 쌓이고 쌓이다 터지면 나도 한방인 거라 외줄 타는 심정이라고. 됐고, 여기다 서명하면 되냐?"

용선배의 사무실에서 나왔을 때도 오늘처럼 비가 내리고 있었다. 나는 우산이 없었고, 덕분에 분수에 맞게 뛰어갈지 분에 넘쳐도 택시를 탈지 고민할 수 있었다. 불륜을 저질러 협박받는 대표라. 거기까지 생각한 나는 뒤돌아 계단을 한칸 한칸 오르기 시작했다. 아내와 아이들의 얼굴이 떠올랐다. 상상 속에서 우리는 대한민국에서 제일 높은 아파트의 거실에 앉아 과일을 먹고 있었다. 사무실이 있는 3층으로 가 방금 빠져나온 용선배 방의 문을 열었다. 용선배가 의아한 얼굴로 나를 쳐다보았다.

"뭐 놓고 갔어?"

나는 자리에 앉았다.

"형. 불륜한 대표들 사진 나한테 넘길래? 건당 현찰로

300 줄게."

"미친놈, 날궂이하냐?"

용선배는 그렇게 말하면서도 나를 쳐다보곤 덧붙였다.

"500이면 모를까."

"그래, 500 줄게."

내가 곧바로 수긍하자 용선배는 아쉬운 듯 물었다.

"뭐에 쓸진 알려줘야지."

"듣고 계속 외줄 타는 게 낫겠어, 아님 모르고 속 편히 500을 받는 게 낫겠어?"

되돌아 나왔을 때 들리던 경쾌한 빗방울 소리. 핸드폰 판매점에서 울려퍼지던 요즘 노래. 비를 맞아도 비실비실 웃음이 새어나왔다. 내가 궁리해낸 건 모두가 이기는 방식이었다. 대표들은 협박당해 돈을 날리는 대신 보험을 들어 법인세를 아끼고, 5년 뒤엔 납입료의 90프로를 환급받을 수 있다. 월 납입료가 최소 60에서 최대 2천까지 되는 대표님힘내세요 보험. 나는 그들이 내는 월 납입료의 여섯배를 모집 수수료로 지급받고, 그중 500을 용선배에게 떼어준다. 그리고 월 납입료의 여섯배인 유지 수수료가 13개월에 걸쳐 내 통장에 들어온다. 내가 택한 이 방식의 가장 좋은 점은 해약이라는 옵션이 없다는 거였다. 용선배는 나의 제안을 받아들였고, 그렇게 나는 지금의 위치에 서게 되었다.

*

지하철은 언제나처럼 만원이었다. 빗물에 젖은 우산과 사람들의 몸이 찝찝하게 밀착됐다. 나는 주머니 속에서 어렵사리 핸드폰을 꺼냈다.

기다리고 있습니다.

공대표였다.

가고.있습니다

자꾸만 오타가 나 힘겹게 답장하고 인스타그램 앱을 열었다. 방금 올린 게시물에 좋아요가 432개나 찍혀 있었다. 평소엔 기껏해야 100개 안팎으로 찍혔는데, 역시 숫자엔 구라가 없다고 다시금 생각하며 핸드폰을 넣었다. 고개를 바로 하고 시선 둘 곳을 찾던 중, 앞에 선 아이의 핸드폰 화면이 눈에 들어왔다. 둘째 하윤이 또래로 보이는 학생이었다. 하윤이처럼 교복 치마가 짧고 하윤이처럼 파마를 한 그애는 까만색으로 칠한 손톱을 놀려 핸드폰을 터치했다. 하윤이는 그래도 손톱은 안 칠하는데…… 아내는 가끔 전화를 걸 때마다 하윤이 때문에 미치겠다고 했지만 내 생각엔 그다지 미칠 정도는 아니었다. “애가 운동 관두고 마음 붙일 데가 없어서 그러지.” 아내는 지친 목소리로 대꾸했다. “나중에 만나면 당신이 말 좀 해. 나는 이제 포기야.” 포기는 무슨, 애 잡는 게 일인 사람이.

그애는 랭킹 상단의 뉴스를 눌렀다. 헤드라인은 ‘*녹은 빙하 속 고대 바이러스로 추정*’이었다. 그애는 빠르게 화면을 스크롤 해 댓글창으로 갔다. 나는 고개를 돌렸다. 눈이 침침해서 읽지도 못할 거였지만 안 봐도 알 만했다. 환경오염이 문제라는 둥 망조가 들었다는 둥, 경각심을 가져야 한다는 내용이겠지. 지하철 문이 열리며 다시금 사람들이 밀려 들어오는 바람에 핸드폰을 꺼내려다 관뒀다. 좋아요가 많이 찍힌 이유가 짐작됐다. 기어이 날씨 때문에 무슨 일이 일어나긴 일어난 모양이었다. 사람들은 어떻게든 사태를 해결해보려 애쓰겠지만 그게 될까. 날씨는 품 떠난 자식처럼 우리가 내어준 것을 고스란히 되돌려줄 뿐일진대.

몸을 웅크린 채 사람들 틈을 비집고 문 쪽으로 이동하며 나는 생각했다. 역병이 돌면 어떤 보험상품이 개발될까. 어떤 회사가 흥하고 어떤 회사가 망할까. 달러는, 기름

값은 또 얼마나 오르려나. 이럴 때일수록 멀리 봐야 하니 금을 사둘까. 환승역에 이르러 나는 사람들 틈에 섞여 지하철 밖으로 쏟아져나왔다.

*

지하철에서 내린 동시에 마을버스로 환승한 나는 차고지 바로 전 정류장에서 내렸다. 비는 그쳤고, 도로엔 흙냄새가 진동했다. 우산을 정리해 접었다. 찬바람이 개운했다. 이제야 좀 2월 같군. 나는 왼편의 비닐하우스들과 멀리서 빛나는 아파트 불빛을 번갈아 보며 어둑한 길을 걷기 시작했다. 몸이 기억하는 건지, 가슴이 무겁게 내려앉는 것이 느껴졌다.

모두에게 이득이라고 해서 이 일이 쉽기만 한 건 아니었다. 대체로 수월했지만 그렇지 않은 경우도 있었다. 이미 아내나 자신이나 각자의 삶을 살고 있다고 우기는 이에겐 혼기가 찬 자식을 빌미 삼아야 했고, 먹고 죽으려고 해도 돈이 없다는 이에겐 대출을 알아봐주며 보험을 팔아야 했다. 대놓고 모욕을 주는 사람도 있었다. 이렇게 해서 얼마를 버냐고 조롱하는가 하면 네 업보가 대대손손 쌓일 거라고 악담했고, 웃으며 자리에서 일어나 바닥에 침을 세번 뱉는 이도 있었다. 나는 진정 의문이었다. 당신들에게 그럴 자격이 있나? 업보를 운운하고 침을 뱉을 자격이. 사진은 보험 만기와 함께 폐기될 거고, 그때가 되면 그들도 알게 될 거였다. 보험이 얼마나 이득인지.

떳떳함이 내 전략이자 자부심이었으므로 나는 그런 일들에 흔들리지도 긴장하지도 않았다. 문제는 땀이었다. 땀은 내 심정 따위야 알 바 아니라는 듯 줄기차게 흘렀다. 처음엔 겨드랑이와 손바닥이 젖는 정도였지만 세번, 네번 계약이 이어질수록 오금과 이마가 젖었고, 여덟번, 아홉번, 두피에서 흐른 땀이 턱 밑으로 떨어졌다. 한겨울에도 사정은 마찬가지였다. 30분 남짓한 미팅 시간 동안 하늘색 와이셔츠가 파란색으로 물들 만큼 땀이 흐르면 창피한 것보다도 기력이 달렸다. 한여름에 인터벌 트레이닝을 마쳤을 때처럼 전신의 근육이 쳐졌다. 이것도 저것도 다 때려치우고 산으로 들어가고 싶을 때면 나는 지내고 있는 원룸이 아닌 아내와 아이들이 사는 낡은 빌라가 있는 이 동네에 오곤 했다.

유도장 문을 닫고 아내와 서류 정리를 하기 전 우리 가족은 여기서 다섯 정거장쯤 떨어진 구도심의 아파트에 살고 있었다. 아내는 고등학교에 올라간 뒤 기록이 떨어진 하윤의 대학 진학을 걱정하며 오전엔 빙상경기장, 오후엔 입시설명회장을 오갔고, 그러는 중간중간 차 안에서 수공예 머리핀을 만드는 부업을 했다. 한켤레에 140만원이나 하는 스케이트화 값을 감당하려면 이거라도 해야 한다는 거였다. 공부벌레 첫째 성윤이 망막박리로 오른쪽 눈의 시력을 잃은 걸 제외하면 집안은 그런대로 평범했지만, 나는 하윤이 툭 하면 스케이트를 그만두겠다고 하는 것이나 성윤이 안경을 새로 맞춰야 할 것 같다는 말을 하지 않은 것, 아내가 퇴행성관절염으로 밤마다 앓기 시작한 것 모두 내 탓이라고 생각했다. 더 열심히 살고 싶었지만 방법을 몰랐다. 돈만이 돈을 불려준다는 생각에 재테크에 매달렸을 때만 해도 나는 내가 성공할 거라고 굳게 믿었다. 왜냐하면, 나니까.

고액 예치자에게만 주어지는 채권 구매의 기회였다. 텔레그램방에 있는 사람들 중 전문직이 아닌 사람은 나밖에 없었다. 나는 지금도 나보다 그들의 선택을 믿었던 것이 패배의 요인이라고 생각한다. 배운 사람들, 이미 많이 가졌다는 이유만으로 신뢰를 얻는 사람들. 처음 체육관을 담보로 대출을 받아 했던 투자는 성공을 거뒀다. 매달

600만원의 돈이 꼬박꼬박 들어왔다. 장모님을 만났다. 장모님 앞으로 근저당 설정이 되어 있는 우리 집을 담보로 추가 대출을 받기 위함이었다. 설득은 통했다. 이자는 장모님 통장으로 들어갔다. 3개월간은.

가족들이 지내고 있는 빌라 3층에 불이 켜져 있으면 미안해지고, 불이 꺼져 있으면 더 미안해졌다. 거기 가만히 서 있다보면 정신이 들었다. 수육 쌈을 패대기치던 순간처럼 분노 비슷한 것이 끓어오르기도 했다. 투지. 그래, 투지를 다질 수 있었다. 가끔은 행운이 따르기도 했다.

"아빠?"

유일하게 나를 상대해주는 막내 하윤을 만나는 일 같은 행운.

"달리기했어? 왜 그렇게 젖었어?"

"근처 지나가다가, 답답해서 좀 달렸어. 이제 갈 거야."

"버스 타지? 데려다줄게."

아내의 골칫거리인 하윤이 속없이 히죽거렸다. 귀여운 놈이었다.

"엄마는 공장 계속 나가고?"

"그렇지 뭐."

"언니는? 공부 잘해?"

"걔 대학 안 가고 공무원 할 거래. 성질 존나 부려."

"존나가 뭐냐 존나가. 그나저나 대학을 왜 안 가. 네 엄마가 돈 벌어오래?"

"왜 엄마 탓을 해? 지가 철들어서 그런 거지."

철이 들었다라. 나는 빌라 골목을 걸으며 다음 달에 돈을 보낼 때 아내에게 전화를 걸어 성윤의 진로에 대해 상의해야겠다고 마음먹었다.

"이제 들어가라 하윤아. 여기부터 어둡다."

하윤이 미적거렸다. 나는 안주머니에서 지갑을 꺼냈다. 만원짜리 두장이 들어 있었다.

"네가 돈복이 있다."

하윤이 돈을 들고 환하게 웃었다.

"엄마는 아빠 무섭대."

"내가? 왜?"

"카톡 상태 메시지 보고."

"뭐, 뼈에 새긴 결심?"

"응. 또 무슨 결심을 뼈에 새겼나 무섭대. 그래도 나는 응원해."

그렇게 말하고 하윤은 돌아섰다. 빠이 아빠. 한마디를 남긴 채. 나는 밝은 곳을 향해 멀어지는 하윤을 바라보며 이제부터 지갑에 5만원은 챙겨 다녀야겠다고 생각했다. 두 다리에 힘이 들어갔다. 아이들에게 최소한 서른까지는 실패할 기회를 주고 싶다는 결심. 그 결심을 지켜야 했다.

*

골목을 돌아 공장으로 들어섰다. 두번째 방문이었다. 오늘 만날 공대표는 인형 및 장난감 제조업체의 대표였다. 비상장 중견기업 대표인 그에겐 유튜브 채널에 자회사의 캐릭터를 주인공으로 한 애니메이션 콘텐츠를 업로드 하겠다는 계획이 있었다. 계획도 실천하고 외주사 직원이랑 바람도 피우며 바쁘게 사는 공대표는 사진보다 더 젊고 더 잘생겼으며 키도 컸으나 짙은 팔자주름 탓인지 얼굴에 그늘이 져 좀 안쓰러운 인상이었다.

처음 방문하던 날 공대표는 내가 내민 서류봉투 속 사진들을 그 자리에서 살펴보곤 나를 귀신 보듯 바라보았다.

“다시 연락드리겠습니다.”

대표들을 만나면 그렇게 말한 뒤 나는 돌아 나왔다. 허둥지둥 뛰어나와 붙잡는 사람이 반, 그 자리에 못 박힌 듯 움직이지 않는 사람이 반이었다. 공대표는 후자였다. 쉬운 상대라는 뜻이었다. 그날 공장을 빠져나오며 하얀색 포르쉐를 발견했다. 사진에서 본 차였다. 멍청하고 한심한 놈. 뭐라도 된 것 같은 환상에 빠져 다 가진 것처럼 구는 등신. 공대표가 그런 인간임을 주주 명부가 말해주고 있었다. 지분의 70프로는 와이프, 나머지 30프로는 장인. 이름만 대표인 공대표는 처가가 일군 탄탄한 기업의 바지 대표일 뿐이었다. 기 한번 못 펴고 살아온 인생, 선망하고 인정해줄 누군가가 필요했겠지.

대표실은 공장 오른편에 크게 지어진 단층 건물 안에 있었다. 증축공사 중인지 비계와 천막이 설치되어 있었다. 기억하기로 내부가 무척 넓고 깨끗했다. 문을 열면 직원들이 사용하는 공간이 나왔고 더 들어가면 대표실이 나왔다. 대표실 벽면엔 유리 진열대가 있었고, 그 안에 온갖 솜 인형과 장난감 들이 전시되어 있었다. 하윤이 메신저 프로필 사진으로 해뒀던 아이돌 인형도 있었다. 나오면서 하나 달라고 해볼까. 짐작하건대 그는 묻지도 따지지도 않고 계약서에 서명할 거였다. 10분? 아니, 그것도 긴가. 대표실 앞에 선 나는 똑똑, 문을 두드렸다. 대답을 기다리지 않고 손잡이를 돌려 문을 열었다.

몸이 굳었다. 몸이 아니라…… 머리가 굳었다고 해야

하나. 별꼴을 다 봤지만 이런 경우는 처음이었다.

"들어오세요."

가느다란 목소리였다. 나에게 들어오라고 말한 사람은 공대표가 아니었다.

"제 아내예요……"

알고 있었다. 나의 왕국에 등장해선 안 될 사람이었다.

"들어오시라니까요."

여자가 채근하듯 말했다. 나는 문을 닫고 대표실 안으로 들어섰다. 이대로 도망쳤다간 더 큰 화를 입을 수도 있다는 판단 때문이었다.

"앉으세요."

대표실 의자에 앉아 있던 여자가 자신의 맞은편 자리를 가리켰다. 여자는 화가 난 것 같지는 않았다. 공대표는 모든 의욕을 상실한 채 아내 옆에 있는 보조의자에 굽은 허리를 하고 앉아 있었다. 나는 대표실 책상을 가운데 두고 두 사람을 마주한 채 천천히 자리에 앉았다. 여자가 자리에서 일어났다. 앉아 있을 땐 몰랐는데 배가 남산만큼 불러 있었다. 한숨이 나왔다.

"물로 드릴게요."

나는 예, 하고 짧게 대꾸하곤 품에 안고 있던 가방과 마카롱 세트를 바닥에 내려놓았다. 눈치를 살피고 싶어도 공대표가 도통 고개를 들지 않았다.

"이제 아닌 거 알았지?"

책상에 종이컵을 내려놓으며 여자가 말했다. 공대표를 향해 묻는 거였다. 조각이 맞춰지는 것 같았다. 맥락 없이 사진을 던져 두려움을 키운 뒤 두번째 만남에서 보험이라는 카드를 내미는 건 내 영업 방식이었다. 뭐야, 보험이었어? 대표들은 대개 허무해하다가 홀가분하게 서명했다. 하지만 공대표는 다른 상상을 한 것이다.

"이 사람이 다 고백한 게 그저께 일이에요. 저는 사진 안 봤어요. 안 보는 편이 좋을 것 같아서. 잠을 못 자더라고요? 내가 자길 죽일 것 같대요. 다 내가 시킨 거라는 거야."

여자는 이르듯 말했다. 나는 진심으로 여자가 불쌍했다. 공대표라는 인간은 내 생각보다 훨씬 유약한 인간이었다. 너무 유약한 나머지 자신이 감당해야 할 짐마저 임신한 아내에게 떠넘기고 만 것이다.

"뭘 요구할 생각이셨어요?"

여자가 내 쪽으로 상체를 들이밀었다. 크게 뜬 눈이 희번덕였다.

"오해가 있었던 것 같은데요, 이럴 만한 일이 아닙니다. 중요한 내용은 다 아신 것 같으니 모쪼록 가정의 일은 가정 내에서 원만히 해결되기를,"

탕탕탕탕. 여자가 책상을 가볍게 두드렸다.

"아저씨, 내 말 안 들려요? 물었잖아요."

보통내기는 아니었다. 달라는 걸 내줘야 끝이 날 싸움이구나. 나는 재킷 속에서 명함을 꺼내 내밀었다. 여자가 명함을 들여다보았다. 공대표도 여자 곁으로 가까이 가 명함을 확인했다. 그사이 나는 가방을 열어 태블릿을 꺼냈다. 몇번 터치해 서류 파일을 활성화했고, 스마트 펜과 함께 책상에 올렸다. 나는 공대표를 쳐다보았다. 그제야 자신이 얼마나 멍청한 짓을 했는지 깨달은 눈치였다. 여자는 굳은 얼굴로 태블릿을 물끄러미 바라보았다. 여자의 눈이 말하고 있는 건 경멸이었다. 유도 경기에서 깃을 잡는 것만큼이나 중요한 건 기운을 읽는 것이었다. 여자가 전하는 것을 고스란히 받은 나는 분명한 모멸감을 느끼고 있었다. 손바닥에 땀이 고였다.

"코인이나 현찰로 받으시지 왜 이런 수고를 하세요?"

"저는, 보험설계사니까요."

공대표가 목소리를 높였다.

“말장난하십니까? 어떤 설계사가 이딴 식으로 보험을 팔아?”

나는 공대표를 노려보았다. 여기에 당신의 자리는 없다는 점을 분명히 해두어야 했다.

“바람을 피운 건 대표님이고 저는 그 사실을 우연히 알게 됐습니다. 사진은 저희 사이의 브리지일 뿐이라고 생각했고, 보험을 들고 말고는 대표님 선택이었겠죠. 저는 강요한 게 없는데요.”

종이컵을 들어 입을 축였다. 이제 목소리를 낮출 타이밍이었다.

“좋은 상품입니다. 5년 만기, 월납 천만원으로 설계한 대표님힘내세요 상품이고요, 비용처리가 가능해서 법인세 절감의 효과가 있고 5년 만기 시 90프로가 환급됩니다. 재무제표 봤더니 직전년도 이익금이 상당하던데요. 세금 때문에 어떻게든 컨설팅 받으셔야 했을 거예요. 여기엔 그 말씀을 드리러 왔습니다. 보험을 팔면 저는 수수료를 받고, 대표님은 절세합니다. 내신 금액을 거의 그대로 돌려받아요. 그게 답니다.”

“우와, 되게 좋은 상품이네요. 그래서 아저씨한테 얼마가 떨어져요?”

듣기 좋은 투는 아니었지만 나는 솔직하게 말하기로 했다.

"대표님 건 같은 경우엔 도합 1억 2천이요. 반은 일시금, 나머지 반은 13개월에 나눠서."

내 말을 들은 여자가 손을 뻗어 갑 티슈를 스윽 끌어왔다.

"땀이나 닦으세요."

나는 여자가 내민 갑 티슈를 옆으로 물렸다. 더 농락당하고 있을 이유가 없었다. 일어날 때였다.

"뭔데 마음대로 일어서요. 보험 안 팔 거야?"

강수를 두면 의외의 성공이 따라오곤 했다. 마음은 자리를 박차고 일어나고 싶었지만 나는 결심을 떠올리며 다시 자리에 앉았다.

"강권할 생각은 없습니다."

"시팔 보자보자 하니까 아주 당당하네."

여자가 금방이라도 주먹을 날릴 것 같은 기세로 검지를 폈다. 그러곤 공대표와 나를 번갈아 가리켰다.

"너희 두 것들 말이야. 한놈은 내가 시켰다면서 지랄 생쇼를 하고, 한놈은 회사 걱정해주는 척 협박해서 보험 팔고. 제정신들이야? 지금 여기서 내가 제일 멀쩡한 게 말이 돼?"

"보험은 협박이 아닙니다."

나는 여자의 불손한 태도에 잠시 이성을 잃고 불쑥 대꾸했다. 여자는 주먹 쥔 손을 떨다 자리에서 일어났다. 흠칫 놀라 뒤로 물러선 나를 조소한 여자는 정수기 근처로 가 냉수를 벌컥벌컥 들이켰다. 그러곤 방금까지 자신이 앉아 있던 자리에 공대표를 앉히곤 태블릿을 들이밀었다. 공대표가 나를 바라보았다. 나는 어깨를 으쓱하고 올렸다. 공대표가 스마트 펜을 쥐고 물었다.

"서명하면 다 끝나는 거죠…… 다신 볼 일 없죠?"

나는 고개를 끄덕였다. 여자는 몇 차례 심호흡한 뒤 배를 소중히 감싸안았다.

"아저씨. 우리 아빠한테 걸리면 이 새끼도 죽고 아저씨도 죽어. 쥐도 새도 모르게 묻히고 싶지 않으면 두번 볼 일 없게 하라는 말이야. 알아들어?"

으름장을 놓으며 여자는 울고 있었다. 훌쩍이는 소리도 없이 눈물을 흘리며 여자는 나에게서 등을 돌렸다. 협박이라기엔 너무 간절한 목소리였다. 내 귀엔 여자의 말이 이 등신 같은 남편의 외도가 자신의 아버지에게 알려지는 것만큼은 막고 싶다는, 최소한의 자존심은 지키고 싶다는 말로 들렸다.

"걱정하시는 일 없을 겁니다."

공대표는 내 말에 긴 한숨을 내쉬었다. 그리곤 '설계사에게 상품 설명을 들으셨습니까?' 묻는 확인란에 '설명을 들었습니다'라고 따라 적으며 훌쩍훌쩍 울기 시작했다. 나는 턱 아래로 떨어지는 땀방울을 훔쳐내다 태블릿 화면을 넘겨 서명 페이지를 띄워주기를 반복했다.

"통장 내가 관리해요."

잠긴 목소리로 여자가 말했다.

"애초에 얘가 가진 것 중에 얘 거 없어요."

나는 공대표가 내려둔 스마트 펜을 챙겼다.

"족칠 자격도 나한테만 있어요."

여자가 티슈를 뽑아 코를 풀었다. 나는 계약 체결이 끝나 하얀 화면을 띄우고 있는 태블릿을 챙긴 뒤 대표실을 빠져나왔다. 하나같이 웃고 있는 인형들을 지나 몇 걸음이나 뗐을까. 공대표가 울부짖는 소리가 들려왔다. 잘못했어, 잘못했어, 그는 빌고 있었다. 왜 그 소리를 들으며 도망치듯 공장을 빠져나온 건지는 알 수 없으나, 나는 뛰고 뛰고 또 뛰었다. 변수 속에서도 모든 게 계획대로 됐는데, 달라진 건 없는데, 나 자신을 견딜 수가 없었다.

편의점에 들어가 2리터짜리 포카리스웨트를 사 그 자리에서 반 통을 들이켰다. 이 편의점 앞에서 왼쪽으로 몸을 돌려 지대가 낮은 동네로 가면 아내와 아이들이 살고 있는 집이 나왔다. 갈 수도 있었다. 전처럼 집 앞에서 땀이 식기를 기다리며 전봇대 아래 누군가 마련해둔 고양이 밥그릇을 바라보거나 핸드폰으로 주변 아파트의 전세 시세를 알아볼 수도 있었다. 하지만 오늘은 그럴 기분이 아니었다. 여자가 말했던 자격,이라는 말이 뜬금없이 내게 꽂혔기 때문일까? 계단에 앉아 있던 나는 편의점 앞 배수구에 남은 포카리스웨트를 쏟아 버리고 빈 페트병을 전봇대 아래에 던진 뒤 마을버스 정류장을 향해 걷다가…… 몸을 틀어 아는 방향으로 걸음을 옮겼다.

오늘도 동네는 고요했다. 종일 내린 비로 젖은 땅과 웅덩이가 빛을 반사하고 있었다. 공대표의 사무실에 우산을 두고 왔다는 걸 알아차리곤 하늘을 바라보았다. 방충망 너머로 담배 연기를 내뿜던 외국인이 나를 보고 빙긋 웃으며 한 손을 들어 인사했다. 공장지대가 있어 외국인이 많은 동네였다. 그는 이제 나에게서 시선을 옮겨 다른 곳을 바라보았다. 나도 무심코 그의 시선을 따라갔다. 그러곤 필로티 뒤로 몸을 숨겼다. 살금살금 가서 놀래줄 심산이었다. 하윤이 늘 내게 하듯이.

녀석은 또 교복 차림이었다. 옷이 없나? 파카가 허리까지밖에 오지 않는데다 몸통에 딱 달라붙어 좀 작은 것 같았다. 키가 자랐나. 든든한 겨울 파카를 하나 사줘야 하나. 주머니에 손을 찌른 하윤이는 배회하듯 걸으며 골목 이곳저곳을 두리번거렸다. 아홉시가 넘었는데 누굴 만나러 가나? 아니면 혹시 담배? 수상한 낌새에 나는 조용히 하윤의 뒤를 밟았다. 뾰족한 생각이 있는 건 아니었지만 부모의 느낌이라는 것이 나를 그렇게 만들었다. 하윤이 걸음을 멈춘 곳은 가로등이 사라지는 등산로 입구였다. 거기서부터는 길이 어두워 늘 하윤을 돌아가게 만들었던 곳이었다. 재가 왜 저쪽으로 가지.

하얀색 무쏘인지 구형 스포티지인지 경유차 특유의 소음을 내며 멈춰 선 차 안을 바라본 하윤이 운전석을 향해 핸드폰을 살짝 들어올려 보이곤 조수석에 올라탔다. 차는 곧장 출발했고 나는 차가 사라진 등산로 방향을 향해 뛰고 또 뛰었다. 얼마나 뛰었을까. 차는 멀리 가지 않은 채 등산로 오른쪽을 따라 길게 주차된 차들 사이에서 공회전을 하고 있었다. 나는 뒷좌석 쪽으로 가 창문에 조심스레 얼굴을 갖다 댔다. 하윤이 보였다. 조수석에 앉은 하윤인

다리를 꼬고 뚱한 얼굴로 운전석에 앉은 사람을 보고 있었다. 운전석에 앉은 사람은 보이지 않았다. 나는 숨도 쉬지 않고 운전석 쪽으로 몸을 틀었다. 모자 쓴 머리통이 보였다. 조금 더 왼쪽으로 가야 했다. 조금 더 왼쪽, 조금만 더 왼쪽.

토독, 토독, 빗방울이 떨어지나 싶었는데 하얀 우박 알갱이들이었다. 나를 발견한 건 운전석에 앉은 놈이 아닌 하윤이었다. 나는 주먹으로 운전석 유리창을 두드리기 시작했다. 손잡이를 잡고 열리지 않는 운전석 문을 흔들었다. 차에 시동이 걸리고 차체가 움직이며 내 오른발을 밟았다. 나는 그 자리에 넘어졌다. 고물차는 엄청난 연기를 뿜으면서도 좀처럼 속도를 내지 못했다. 나는 하윤이를 부르짖으며 차를 향해 달렸다. 부를 수 있는 게 하윤이 이름밖에 없었다. 겨우 200미터나 달렸을까? 발이 부서진 듯 아프고 숨이 차올랐다. 차가 멈춘 건 그 순간이었다. 하윤이 튕기듯 차에서 내림과 동시에 차는 다시 굉음을 내며 등산로의 오르막을 향해 나아갔다.

하윤이 나를 향해 뛰어오는 것을 본 나는 기듯이 인도로 가 주저앉았다. 호흡이 돌아오지 않았다. 귀가 먹먹해지며 이명이 들렸다.

"아빠."

하윤이 우박을 피하려 파카에 달린 모자를 뒤집어썼다. 심장이 튀어나올 것 같았다.

"너, 인마, 아빠 다 봤어. 사실대로 말해."

한마디 한마디 뱉기가 너무나 힘들었다. 운전석에 있던 놈이 바지를 무릎까지 내린 채 자위하던 모습이 선명했다.

"다 봤는데 뭘 사실대로 말해요?"

하윤이 멋쩍다는 듯 웃었다.

"이 새끼가, 웃어?"

나는 벌떡 일어나 하윤의 머리통을 후렸다. 하윤이 번쩍 고개를 들며 눈을 흘겼다.

"아, 씨 내가 뭘 했다고 때리는데."

아, 씨? 나는 입을 벌리고 하윤을 바라볼 뿐이었다.

"너 이 새끼 아주 그냥 머리를 싹 다 밀어야 돼."

어깨를 잡아챈 내 손을 뿌리친 하윤이 나를 밀치곤 더 멀리 물러섰다.

"그냥 변태한테 돈 번 거라고. 저 변태 새끼 하는 짓 앉아서 봐주기만 한 건데 왜 나한테 난리야."

격앙된 목소리로 말하는 하윤은 이가 부딪힐 정도로 떨고 있었다. 나는 내 뺨을 갈기기 시작했다. 왼손과 오른

손으로 미친놈처럼 빰을 갈겼다. 그러곤 주저앉았다. 차가 밟고 지나간 발은 이제 땅을 디딜 수 없을 만큼 아파왔다. 하윤이 주저앉은 내 곁으로 다가왔다.

"나 진짜 아무것도 안 했고, 그냥 보이는 걸 본 게 다라니까 아빠. 이거 처벌도 안 될걸? 나 진짜 괜찮아 아빠. 그리고 이런 것도 가지고 다녀."

하윤이 주머니 속에서 조악한 커터칼을 꺼내 나에게 보여주었다. 혀를 깨물고 싶었다. 모든 게 내 탓이었다. 모든 게. 하윤이 답답한지 자기 가슴을 치더니 화를 내기 시작했다.

"언제는 돈 잡아먹는 귀신이라며. 아빠는 보험 팔고 엄마는 공장 다니고 김성윤은 공무원 하면, 나는? 나는 아무것도 안 하고 계속 돈만 잡아먹어?"

고개를 들 수가 없었다. 하윤이 핸드폰을 꺼냈다. 퇴근한 아내가 전화를 건 모양이었다. 전화를 받은 하윤이 짜증을 냈다. 괜찮다고, 안 춥다고, 하나도 어둡지 않다고.

"아빠, 나 간다."

고개를 들어 하윤을 바라보았다.

"별거 아니니까 엄마한테는 말하지 마요."

나는 하윤의 뒤에 대고 소리쳤다. 다시는 그러지 말라

고. 쇳소리 섞인 공허한 말이었다. 우박이 비로 바뀌어 내리기 시작했다. 하윤은 내리막을 통통 튀듯 뛰어 내려갔다. 그 나이대의 어린아이처럼. 그 나이보다 훨씬 어린 아이처럼. 산을 경계로 둘러놓은 낮은 철조망을 보던 나는 왼다리에 힘을 주고 자리에서 일어났으나, 오른발을 딛는 순간 다시 고꾸라지듯 주저앉았다. 태블릿이 들어 있는 가방이 젖지 않게 끌어안고서, 다시 왼다리에 힘을 주고 몸을 일으켰다. 오른발 뒤꿈치로 살살 땅을 딛고 걸음을 떼는 데 성공한 다음 왼발, 또 오른발, 절룩이며 내리막을 향해 갔다. 주택가 너머의 큰길이 걸을수록 멀게 느껴지던 순간이었다. 전조등 불빛이 도로를 환하게 비췄고, 하얀 차가 소음을 내며 내 곁을 빠르게 지나쳤다.

# 내가 그 밤에 대해 말하자면

아빠가 돌아가신 겨울, 엄마와 나는 서울에서 아주 먼 곳으로 이사했다. 얼마나 멀던지 출발해서 도착하기까지 휴게소를 세번이나 들러야 했다. 아빠가 남겨두고 간 골치 아픈 일들 때문에 종이 뭉치와 돋보기를 챙겨 여기저기 들락거리느라 바빴던 엄마가 언제 그렇게 먼 곳에 있는 집을 알아냈는지 나는 궁금했다. 달리는 파란색 용달차 안에서 꾸벅꾸벅 졸던 나는 마을이 시작되는 입구에서 몹시 목이 마른 상태로 깨어났다. 마을 입구에서부터 우리 집까지는 흙먼지가 날리는 험한 길이었다. 용달차 앞유리에 노란색 쫄쫄이를 입고 왕관을 쓴 여자애 사진이 하나 붙어 있었는데 백만 천만 억만개의 돌을 밟고 달리느라 그 여자애가 바나나로 보일 정도로 차가 떨렸다. 길이 끝나는 곳까지 직진하라는 엄마의 명령에 따라 앞만 보고 운전하던 용달차 아저씨가 목을 빼고 주변을 둘러보다가 말했다.

"애 학교 갈 나이 아니에요?"

아저씨는 "여기 학교가 없지 싶은데……" 하며 엄마를 바라보았다. 나도 엄마를 바라보았다. 엄마는 대답하는 대신 인상을 쓰고 아저씨에게 말했다.

"이 집이에요. 여기."

용달 아저씨는 됐으니까 짐만 놓고 가라는 엄마의 말에도 추가 비용을 받으려는 게 아니라며 세탁기를 설치해주었고, 지네도 한마리 잡아주었다. 엄마가 '일 처리'를 하기 위해 종이를 들고 이장님 댁에 간 사이, 나는 아저씨가 비스듬한 방바닥에 냉장고를 똑바로 서 있게 만드느라 갖은 용을 쓰는 모습을 구경했다.

"똑바른데요?"

내가 말하자 아저씨는 허리를 펴고 장갑을 벗었다.

"고맙다."

그렇게 말한 아저씨는 신발을 신으며 나를 불렀다. 내가 얼른 뛰어갔더니 아저씨는 신발을 신고 따라오라고 말한 뒤 트럭으로 갔다. 아저씨가 트럭에서 꺼낸 건 청포도 사탕과 초콜릿 반 봉지였다. 나는 초콜릿을 지금 먹어도 되냐고 물어본 다음 그 자리에서 까먹었다.

"몇살이니?"

나는 열 손가락을 전부 폈다. 곧게 편 내 손가락을 본 아저씨는 놀란 표정이 되었다. 그러더니 뒤돌아보며 누가 오는지 살핀 다음 내 앞에 쪼그려 앉았다.

"어제 저녁밥은 뭐 먹었니."

"밥이랑 국이요."

나는 청포도 사탕을 얼른 까서 입에 넣고 싶어 만지작거렸다. 내가 뒷걸음질하자 용달 아저씨는 트럭 안으로 상체를 숙여 엉덩이만 빼꼼 내민 채 가방을 뒤지더니 작은 종이 하나를 꺼내 내밀었다. 돈이 아니라 실망스러웠다.

"아저씨 전화번호야. 무서운 일 있거나 도움이 필요할 때 아저씨한테 몰래 전화할 수 있겠어?"

나는 두 손으로 공손하게 종이를 받아 조그마한 청바지 주머니에 쑤셔 넣었다.

부녀회장 아줌마는 우리 집을 '끝엣집'이라고 불렀다. 마을 입구에서 오래오래 걸어가야 나오는, 바로 뒤에 산을 낀 집이었기에 그런 것 같았다. 우리 집은 다 쓰러져가는 나무집이었지만 부녀회장 아줌마 말처럼 호젓하면서도 올망졸망 있을 건 다 있는 집이었다. 마당 왼편에는 작은 헛간 하나가, 그 뒤에는 재래식 화장실이, 비탈을 올라가면 집보다 넓은 비닐하우스도 있었다. 엄마가 비닐하우스를 가리키며 저기까지가 다 우리 집이라고 했을 때, 나는 환호하며 저기가 내 놀이터가 될 거라고 예감했다. 비닐하우스의 궁전 같은 둥근 지붕이 나는 아주 마음에 들었다.

엄마와 나는 걸레를 들고 방 한 칸, 거실 겸 부엌 한 칸이 전부인 조그마한 집 구석구석을 청소했다. 엄마가 의자에 올라가서 거미줄을 걷으라고 해서 그렇게 했고, 벽지도 다 닦으라고 해서 그렇게 했다. 무릎을 꿇고 바닥 여기저기를 훔치기 시작했는데, 그러자 장판 구석에서 서울에 살 때 보았던 것과는 차원이 다른, 블랙홀만큼 시커멓거나 알록달록 빛나는 벌레들이 기어 나왔다. 나는 소리를 지르면서 발을 굴렀다. 엄마가 재빨리 걸레로 벌레를 후려쳐 기절시킨 뒤 밖으로 뛰어나가 짐 더미에서 공책을 잡아채 벌레를 사정없이 터트렸다. 그런 식으로 여덟마리쯤 벌레가 터지며 녹색 피가 번지는 것을 보던 나는 화장실을 다녀오겠다고 말한 뒤 신발을 구겨 신고 화장실로 가다가, 헛간 앞에 멈춰 섰다.

헛간은 집처럼 나무로 지어졌지만 늙은 나무로 지어진 건지 더 진한 색이었고, 혼자만 비를 맞은 것처럼 축축해 보였다. 나는 주눅이 든 것 같은 헛간 가까이 다가갔다. 헛간 문에는 기다란 나무판자 두개가 엑스 자 모양으로 겹쳐진 채 단단히 못 박혀 있었다. 나는 엑스의 틈새에 얼굴을 가까이 댔다. 안쪽으로 바로 보이는 입구에 나뭇가지들이 쌓여 있었고 어둠에 가려져 잘 보이지 않는 구석에는 구름만큼 커다란 회색 모포가 무언가를 덮어주고 있었다. 나는 그 안에 있는 게 죽은 소라고 생각했다. 모양이 꼭 웅크린 채 옆으로 누운 소 같았고, 또 그 헛간에서 이상한 냄새가 났기 때문이었다. 홍시를 매달고 쓰러진 나무 냄새, 안 닦은 입 냄새, 아빠의 택시에 매달려 있던, 졸음을 쫓아주는 향낭 냄새. 나는 이 주눅 든 헛간 안에 만가지 억가지 조가지 비밀이 묻혀 있을 거라고 생각했다. 그러지 않고서야 한 곳에서 이렇게 여러가지 냄새가 날 수는 없는 법이니까.

청소를 끝낸 다음 엄마는 마당을 휘휘 돌며 소주를 뿌렸다. 허공에 있는 누군가를 쫓아내는 것처럼 휙, 휙. 면상에 대고 침 뱉는 것처럼 휙, 휙. 마당에 소주 냄새가 피어오르기 시작했다. 엄마는 마지막에 병 부리를 입으로 가져가 꿀떡꿀떡 소주를 마셨다. 자기 안에 있는 것도 쫓아내려는 것처럼. 그날 밤, 나는 잠결에 동물 우는 소리를 들었다. 애타게 앓는 것 같은 울음소리였고, 바스락거리는 소리도 들렸다. 전부 헛간 쪽에서 나는 소리였다.

엄마와 나만 있는 나무집에선 평화로운 날들이 이어졌다. 선경 주공 1단지에 살았을 때처럼 도깨비 이모와 껍닥 삼촌, 콜랏 삼촌 등이 친구의 친구, 친구의 친구의 친구를 데려와 거실에 녹색 깔개를 펴고 돌아가며 고스톱을 치지 않았다. 고스톱을 안 치면 담배 연기도 없고, 오밤중에도 눈이 부실 만큼 환하지도 시끄럽지도 않다. 커피도 안 타도 되고 라면도 안 끓여도 되고 화장실에서 오래 똥을 싸도 아무도 꿀밤을 먹이지 않는다. 피박. 못 먹어도 고. 쌌네, 쌌어! 천박시리 쌌네가 뭐야 쌌네가? 뻑이지 뻑. 쓸! 탄식하듯 욕하는 도깨비 이모의 목소리. 도무지 조용히는 할 수 없는 그 게임.

"민철이가 데려온 개는, 하여튼지 나가리라고 전해."

"내가 봤을 때는 민철이랑 쌔미까지 다 쇼당 친 거야."

모두가 집으로 돌아가고 나면 시작되는 고정 멤버들의 진실된 대화를 엿들으며 나는 기도했다. 하느님, 전부 주먹으로 때려주세요. 왜 아빠만 데려가셨나요? 싹 다 데려가셔야지. 그러니 벌레가 나오거나 말거나, 나는 엄마와 둘이서 시간을 보낼 수 있는 나무집이 점점 좋아졌다. 엄마는 이장님에게서 선물받아 온 라디오를 틀고 노래를 따라 부르기도 했고, 부녀회장 아줌마의 차를 얻어 타고 주유소 옆 농협에서 장을 보기도 했다. 시간이 많아진 엄마는 다정했다. 나보다 일찍 일어나 밥을 해줬고 냉동실에는 나를 위한 아이스크림을 넣어두었다. 나무집의 아쉬운 점이라면 화장실이 불편하다는 거였다. 문이 없는 화장실 안으로 들어가면 바닥과 한쪽 모서리에 가볍고 깔깔한 왕겨가 수북이 쌓여 있었고, 중앙엔 양발을 걸치는 틀이 있었다. 가장 중요한 건 삽이었다. 용변을 누기 전에 삽질을 해 틀 아래쪽에 왕겨를 푹신하게 쌓고, 다 싸고 나서는 그 위에 또 왕겨를 조금 덮은 다음 삽으로 살살 떠서 왼편에 쌓인 용변의 무덤 쪽으로 던져야 했다. 이사 오고 변비에 걸린 엄마와 달리 나는 금방 적응했다. 아무도 믿지 않거나 잘난 척이 될까봐 비밀로 남겨놓긴 했지만, 나는 똥을 싸다가 올빼미도 보았다. 진짜 살아 있는 올빼미. 나뭇가지에 앉은 올빼미가 똥을 싸는 나를 놀란 눈으로 바라보고 있었다. 나도 똥을 싸는 나를 바라보는 올빼미를 보고 놀랐지만, 곧 지그시 눈을 맞추고 인사를 나눌 수 있었다.

엄마는 낮이면 나를 데리고 비닐하우스에 올라갔다. 땅을 골라야 한다고 했다. 잡초를 뽑고 마른 풀을 한데 모아 버린 다음 삽으로 땅을 다져 평평하게 만들었다. 한쪽에 쌓여 있던 나무도 다 내다 버렸다. 내가 쉽게 설명한 것일 뿐 풀을 뽑은 데만 일주일이 걸렸다. 나는 깨끗하니 넓어진 비닐하우스가 뿌듯해서 팔을 넓게 벌리고 발레리나처럼 훨훨 뛰어보기도 했다. 몇번을 뛰어야 끝에서 끝까지 갈 수 있는지 세어보려고 했지만, 뛰어오를 때마다 비닐하우스가 넓어지는 것 같아서 그만두었다. 이마에 땀이 맺히고 몸이 더워졌다.

"엄마. 여기에 뭐 심을 거예요?"

"홍싸리, 흑싸리, 벚나무를 심지요."

엄마가 키득키득 기분 좋게 웃었다.

"와 예쁘겠다."

나도 기분 좋게 웃었다.

땅을 고를 땐 뱀 시체가 하나 나왔다. 도통 무서워하는 게 없는 엄마도 그건 징그러워했다. 나는 의젓하게 나서서 집게를 들고 뱀의 꼬리를 집었다. 잘한다, 그렇지. 박수치며 좋아하던 엄마는 구덩이에서 내 팔보다 길고 토실토

실한 몸통이 딸려 나오는 꼴을 보더니 완전히 질린 얼굴로 가까이 오지 말라고 했다.

"괜찮아요. 제가 버리고 올게요."

나는 스스로를 기특해하며 말랑한 뱀의 허리를 집게로 집어 도랑으로 가져갔다. 집게는 길고 내 키는 작아서 뱀의 대가리가 바닥에 질질 끌렸다. 난 그게 불쌍했다.

"엄마. 손으로 잡아서 버리고 싶어요."

"절대 안 돼."

"꼬리만 잡아도요?"

"빨리 버려 이년아!"

엄마는 소리쳤다. 내가 맑은 물이 흐르는 도랑에 뱀을 보내준 뒤 빈 집게를 들고 돌아오자 엄마는 내 어깨를 한 번 잡아주었다. 나는 속으로 생각했다. 이런 날들이 매일 매일 영원히 이어졌으면. 학교에 못 가도 좋으니, 죽은 아빠가 나를 가엾이 여기시어 내 소원을 들어주었으면.

다음 날, 혼자 농협에 갔다 온 엄마는 알전구 여러개와 둥글게 말린 전선, 세계에서 제일 길 것 같은 하얀 줄이 달린 멀티탭과 검은색 비닐 묶음을 잔뜩 사 왔다. 엄마는 그것들을 마루에 일렬로 늘어놓는 내내 어깨에 핸드폰을 끼우고 누군가와 통화했다. 방석과 요강이 필요하다고 엄마가 말했다. 아랫집 할머니가 기척도 없이 찾아와 닭백숙 반 마리를 줘서 그걸로 점심을 먹은 다음, 우리는 비닐하우스로 올라갈 채비를 했다. 엄마는 내게 가운데에 구멍이 뚫린 빨간색 플라스틱 의자 두개를 들게 한 다음, 그 위에 검은색 비닐 묶음을 차곡차곡 쌓았다. 쌓인 비닐이 아슬아슬, 눈을 가릴락 말락 했다.

"안 떨어지게 잘 걸어."

나는 아슬아슬함이 불만이었지만 네, 하고 대답하곤 조심히 발을 뗐다. 헛간을 지나갈 때 불길하고 어지러운 기분이 들었다. 헛간이 내 종아리에 묶여 질질 끌려오는 것 같았다. 엄마는 천때기와 전구, 전선 무더기를 들고 내 뒤를 따랐다. 엄마와 내가 계단처럼 다져놨던 오르막을 힘겹게 올라 마지막 계단을 밟는 순간이었다. 머릿속에서 푸른빛이 연기처럼 퍼지면서 진실인지 거짓인지 알 수 없는 사진 한장이 빠르게 나타났다. 난 헛간 안에 들어가본 적도 없는데, 사진 속 장소는 분명히 헛간 안이었고, 얇은 막이 하나둘씩 벗겨지면서 어둠 속에서 뭔가 보였다. 회색 모포가 걷히고, 그 속에 감춰져 있던 딱딱하게 굳은 비닐이 걷히자 입속이 시커먼 아저씨가 쓰러진 채 손가락을 꿈틀거리고 있었다. 누구지? 내가 자세히 바라보려고 하자 무언가가 내 뒤로 다가오더니 머리통을 확 잡아챘다. 나는 비명을 질렀다. 따라오는 엄마를 향해 뒤돌았다. 앞서던 왼발에 오른발이 걸리며 그대로 넘어졌고 의자 위에 쌓아 올린 비닐 무더기가 와르르 무너졌다.

"내 그럴 줄 알았다."

나는 내가 본 것을 엄마에게 들키면 혼이 날까봐 얼른 무릎을 털고 일어나 주변을 두리번거렸다. 여기는 평범한 산이고 우리는 비닐하우스로 가는 중이었지. 나는 떨어진 비닐들을 주워 재빨리 의자 위에 쌓고 엄마 뒤를 바짝 따랐다.

비닐하우스 안을 우주처럼 새카맣게 꾸미느라 그날 밤은 피곤했다. 빛이 손톱만큼도 새어나가선 안 된다고 엄마는 말했다. 자려고 누운 엄마는 돈을 땄을 때처럼 뿌듯한 얼굴로 혀를 굴려 똑, 딱, 똑, 딱 소리를 냈다. 나는 눕자마자 곯아떨어졌다가 경련을 하며 일어났고, 엄마가 옆에 있는 걸 확인한 다음 다시 눈을 감았다. 그날 새벽에 오줌이 너무 마려웠지만 화장실에 가려면 헛간을 지나가야 한다는 사실 때문에 참고 또 참았다.

다음 날 아침 일찍, 마당 앞에 검은색 차가 한대 섰다. 그 안에서 콜랏 삼촌, 도깨비 이모, 껍닥 삼촌이 순서대로 내렸다. 그 얼굴들을 다시 보니 '오 마이 갓'이라는 말이 떠올랐다. 콜랏 삼촌이 나를 번쩍 들었다가 내려놓은 다음 선물로 동화책을 주었다. 콜랏 삼촌과 나는 조금 놀다가 함께 진라면을 끓였다.

"오랜만에 유영이가 끓인 라면을 먹네."

껍닥 삼촌의 목소리.

"쟤가 물을 기가 막히게 맞춰. 여러개 끓일 때도 귀신 같다니까."

엄마의 목소리.

"쟤는 이년아, 완전 공짜다 공짜."

도깨비 이모의 목소리.

어른들과 함께 내가 끓인 진라면을 먹었고, 다 먹은 어른들이 엄마와 나의 비닐하우스를 구경하러 간 동안에 나는 집에서 책을 읽었다. 조용한 걸 보니 고스톱은 안 하는 것 같아서 다행이었다. 아랫집 할머니가 자주 하시던 말처럼 해가 논바닥에 납작 엎드릴 즈음이 되어서야 어른들은 집으로 돌아왔다. 긴장한 것 같기도 하고 들뜬 것 같기도 한 모습이었다. 도깨비 이모가 내 다리를 베고 한참을 잤다.

저녁밥을 먹고 완전히 새까만 밤이 되었다. 차 한대가

마당 가까이로 다가왔다. 엄마가 '나가리'라고 했던 민철이 아저씨가 처음 보는 거대한 아저씨를 데리고 와 엄마에게 인사시켰다. 엄마는 앉은 채 턱을 치켜들고 아저씨를 올려다보며 환하게 웃은 다음, 손을 내밀어 악수를 청했다.

너무 많은 손님이 오는 바람에 엄마는 마루에 걸터앉아 있던 내게 방에 들어가서 이만 자라고 했다. 어른들은 전부 마당에 서서 담배를 피웠다. 나는 방문을 약간 열어 놓고 밖을 구경했다. 온다, 왔다. 술렁이는 소리와 함께 멀리서 차들이 다가왔다. 봉고차, 지프차, 또 봉고차. 하나같이 커다란 차들에서 사람들이 마술쇼처럼 끝없이 나왔다. 저 사람들이 이 좁은 집에 어떻게 다 들어오려고 저럴까? 도대체 무슨 일이 벌어지려는 걸까? 차들은 사람만 쏟아 내곤 길이 끝나는 산에서 다시 되돌아 내려갔다. 마당이 어수선하더니 순식간에 조용해졌고, 나는 혼자가 됐다.

이불 위에 누워 낮에 본 책의 내용을 떠올렸다. 책 속에서 막 4학년이 된 두명의 주인공은 고학년이 된다는 건 비밀을 나눠 갖는 거라며 서로의 비밀을 털어놓았다. 얼마 뒤 양도영을 좋아하던 아이의 비밀이 온 학급에 퍼졌다. 말했지? 그렇게 말하면서 억울한 아이가 미운 아이의 어깨를 밀쳤다. 둘은 싸웠다. 양도영이 멀리서 울음을 터트릴 때까지.

나도 좋아하는 애가 생겼으면 좋겠다. 그래서 비밀이 생기면 좋겠다. 친구가 생기고 어깨를 밀쳤으면 좋겠다. 나는 그렇게 생각했다. 설핏 잠든 나는 모르는 사람들이 충전해두고 간 핸드폰에서 벨소리가 울릴 때마다 깨어나고, 다시 잠들었다가 벨소리에 깨어나길 반복하다가 결국 신발을 신고 화장실로 갔다. 올빼미가 왔는지 살피며 오줌을 빠르게 눈 다음 엄마와 나의 비닐하우스로 조심히 올라갔다. 흙 계단을 오르는데 손전등 불빛이 나를 비췄다.

"유영. 들어가, 자야 돼."

손전등을 겨눈 사람은 어둠 속에 있어서 하나도 보이지 않았지만, 어눌한 한국어 발음을 보아 콜랏 삼촌이 분명했다.

"잠이 안 와요."

"양 세."

"양 싫어요. 우리 엄마 어디 있어요?"

나는 콜랏 삼촌 쪽으로 걸어갔다.

"엄마 구경할래?"

콜랏 삼촌은 비닐하우스에 뚫린 구멍을 막기 위해 붙여놓은 껌을 떼어냈다. 하우스 안에서 한줄기 빛이 삐져나왔다. 삼촌은 손으로 망원경 모양을 만든 다음 자기 눈으로 가져갔다. 나는 껌이 떨어져 나간 자리에 오른쪽 눈을 바짝 댔다.

"의자에 엄마."

정말로 엄마는 내가 힘겹게 옮겼던 플라스틱 의자에 앉아 사람들을 구경하고 있었다. 녹색 모포로 뒤덮인 땅 위에 벌레들처럼 우글거리고 있는 지겹게도 많은 사람, 돈, 화투장. 나는 당장이라도 도망치고 싶었지만 절대로 눈을 떼지 않고 모든 장면을 지켜보았다. 자라고 자라 어른이 되어서도 머릿속에서 잊히지 않을 사진 한장을 찍었다. 나는 콜랏 삼촌을 밀치고 천천히 뒤돌아 내리막을 내려갔다. 발이 시려서 울고 싶었다. 콜랏 삼촌이 가만히 선 채 연극 무대의 주인공에게 하는 것처럼 내가 가는 길을 손전등으로 밝혀주었다. 등 뒤로 쏟아지는 그 빛이 얄미워서 나는 울컥울컥 눈이 뜨거워지고 악을 쓰고 싶어서 목이 아팠다. 나는 책 속의 아이가, 비밀을 들킨 그 억울한 아이가 친구를 밀친 마음을 이해했다. 실망감. 비닐하우스는 엄마와 내가 함께 만든 비밀이었다. 우리가 함께 만든 비닐우주하우스를 기어코 저렇게 만들고야 만 엄마가, 우리의 비밀을 냉큼 빼앗아버린 어른들이 너무나도 미워서 나는 몸이 괴물만큼 커지는 것 같았다. 깜깜한 어둠 속에서 집을 향해 걸어가던 나는 헛간 앞에서 멈춰 섰다. 기분 나쁜 헛간을 두드려 패줘야겠다는 마음을 담아 힘차게 발로 찼다. 무릎이 아플 때까지 차고도 분이 풀리지 않았다. 이번엔 마루 아래로 몸을 숙여 엄마가 아끼는 부츠를 들고 화장실로 갔다. 왼편에 쌓인 용변의 무덤에 엄마의 신발을 던지고 삽으로 대충 덮었다. 벌을 받고 싶었다. 엄마를 지금의 나만큼 화나게 하고 싶었다.

그다음 순간은 느리게 흘러갔다. 어쩌면 엄청 빨랐을 수도 있지만 내가 느끼기에는 그랬다. 방으로 돌아온 후 충전기에 꽂혀 있던 핸드폰들을 만져가며 잠금이 걸리지 않은 핸드폰을 찾아냈다. 그리고 장롱 속에 있던 청바지 주머니에서 용달차 아저씨가 준 종이를 꺼냈다. 용달 아저씨에게 전화를 건 나는 아저씨가 묻는 몇마디 말에 대꾸했다. 아저씨가 이곳으로 당장 오겠다고 말했지만 아저씨보다 먼저 도착한 건 또 망할 봉고차 두대였다. 그런데 그 봉고차에서 내린 사람들은 조용하고 몸짓이 재빨랐다.

나는 마루에 우두커니 서서 그들을 지켜보았다. 한 무리의 사람들은 숲 뒤쪽 샛길로 갔고, 한 무리의 사람들은 언덕을 넘어 비닐하우스 쪽으로 향했다. 나는 머리가 깨질 것처럼 아프고 몸이 떨렸다. 엄마와 엄마의 친구들, 내 비닐하우스를 빼앗아간 사람들이 어떻게 붙잡혀 갔는지, 어떤 난리법석이 있었는지는 굳이 이야기하지 않아도 될 것 같다. 그건 평범한 일이고, 진짜 이상한 일은 다른 곳에서 일어났기 때문이다.

내가 있어 함께 갈 수 없다고 소리를 지르는 엄마를 경찰 아저씨가 가로막는다. 뜯을까요 말까요. 경찰 아저씨 여럿이 헛간 근처에서 말한다. 나는 내 앞에 선 황토색 잠바 언니를 보며 한쪽 입을 가리고 손가락으로 헛간 쪽을 가리킨다. 언니가 내 입가에 귀를 가져다 대고 나는 속삭인다.

"저기 누가 있어요."

언니가 큰 소리로 말한다.

"선배님 거기 뜯어야 될 것 같아요."

하나, 둘, 하는 소리에 맞춰 아저씨들은 헛간 문에 박힌 엑스 자 나무를 뜯어낸다. 나무 밟는 소리, 둘둘 말린 비닐이 젖혀지는 소리, 그 소리와 함께 토악질하는 소리가 들린다. 동시에 내 앞에 있던 언니가 그쪽으로 향한다. 아니, 향하려다 말고 내게 묻는다.

"애기야, 너 저 안에 뭐 있는지 알아?"

"알아요. 어저께 헛간이 저한테 보여줬어요."

"누가? 뭘 보여줬어?"

나는 진실을 말하는 것에 집중한다. 하지만 입 밖으로는, 그들이 믿을 수 있을 만큼의 진실이 나온다.

"아마도…… 소요."

헛간 쪽에서 침을 뱉고 술렁이는 소리가 들리다가 끊어진다. 황토 잠바 언니가 느릿느릿 헛간으로 향한다. 내 곁엔 이제 두려운 눈빛으로 집을 둘러보고 있는 용달 아저씨만이 있다.

모든 게 마무리될 무렵 나는 시커먼 마을 속 가장 높고, 저 먼 곳까지 내다보이는 곳에 서서, 저기, 아주 아주 멀리— 아마도 백개 정도의 논과 밭을 지나야만 닿을 수 있을 넓고 반짝이는 도로를 바라본다. 달리는 차의 불빛은 주홍빛 홍시 색깔. 살아 움직이는 보석 같다. 신기한 것은 이 모든 풍경을 바라볼 때 내가 경찰 아저씨의 차에서 몸을 녹이고 있었다는 건데, 그럼 어디 서서 그것들을 다

볼 수 있었는가 하면, 그것에 대해서는 말할 수 없다. 왜냐하면 그날 이후 헛간에 있던 것에 대해 끝없는 질문을 받아야 했는데, 그래서 나는 믿기 좋은 만큼의 진실만 말해야 피곤해지지 않는다는 것을 완벽하게 배웠기 때문이다.

# 견디는 마음

한영인

## 1. 마음과 소설

마음이란 오묘한 단어다. 일상에서 흔히 사용하지만 용례가 제각각이어서 한마디로 정의하기로 들면 곧 난감해진다. 마음은 기분이나 정서를 가리킬 때도 있고 운동하는 욕망과 의지의 다른 이름처럼 불리기도 한다. 하지만 마음은 구조적 지속성을 띤다는 점에서 일시적이고 변덕스러운 기분과 다르며 욕망을 가리킬 때도 구체적인 욕망 자체라기보다 특정 대상과 가치를 욕망하게 만드는 너른 바탕에 가까운 면이 있다. 마음의 오묘함은 '마음가짐'이라는 단어에서 드러나듯 그것을 정의하는 일만큼이나 제대로 소유하는 일이 어렵다는 데서도 확인된다. 어쩌면 근대 소설은 제대로 정의하기도 소유하기도 어려운 마음을 타인과 세계 앞에 꺼내놓으려는 노력의 과정에서 계발된 특별한 언어 사용의 형식인지도 모른다.

김유나의 작품은 복잡하고 불투명한 마음의 무늬를 드러내는 데 어째서 소설이 가장 맞춤한 형식일 수 있는지를 매력적으로 보여주는 증거다. 등단작 「이름 없는 마음」에서 시작해보자. 제목에서부터 '마음'이 명토 박아져 있거니와 여기서 무엇보다 전면화하는 것은 서술자인 '나'의 마음이다. 시험관 시술을 통해 아이를 가지기로 결심한 '나'는 오랫동안 "마음의 짐"으로 남아 있던 동생 현권의 문제를 처리하기로 마음먹는다. 어릴 때부터 주변으로부터 늘 "늦된 아이, 늘 저만치 뒤에 있는 아이, 친구 한 명 제대로 사귀지 못하는 아이" 취급받던 현권은 성인이 되어서도 제대로 된 일을 잡지 못하고 여러 아르바이트 자리를 전전하는 중이다. 그런 현권이 일곱살 연상인 연인 준희씨에게 일방적으로 이용당한다고 생각하는 '나'는 그녀와 헤어지는 조건으로 현권에게 전셋집을 마련해주려 하고 현권은 '나'의 강권에 못 이겨 이를 마지못해 수락한 상태다.

현권에 대한 '나'의 마음은 복잡하다. 혼자서 서투르게 삶을 감당해야 하는 현권을 생각할 때 찾아드는 안쓰럽고 미안한 마음과 타인과 함께 있는 자리에서 현권이 어떤 실수를 할지 몰라 초조하고 불안해하는 마음 사이에서 '나'는 갈팡질팡한다. 이 작품은 일인칭 서술자의 마음이 전면에 드러나 있기에 '나'의 마음을 짐작하고 헤아리는 일 자체는 그리 어렵지 않다. '모자란' 동생을 제대로 돌보아야 한다는 의무와 그 무거운 의무를 남편의 눈을 피해 홀로 부담해야 하는 피로가 겹친 '나'의 고단한 처지는 그녀가 자주 길을 잃고 헤매는 양가적인 마음 사이의 거리를 짐작게 하는 바가 있다. 그런데 이 소설의 매력은 서사의 전면에 직접적으로 드러나는 '나'의 마음을 표면적으로 확인하는 일에 있다기보다 외부와의 충돌과 굴절을 통해 '나'의 마음이 구성되고 제시되는 복합적인 과정을 따라가는 일에서 오는 것 같다. 이 작품에서 김유나는 고도로 계산된 섬세한 서사적 배치를 통해 '나'의 내부로 끊임없이 침투해 마음을 헝클어트리는 마음 바깥의 힘을 생생하게 그려냄으로써 '나'가 겪는 마음의 운동에 강한 실감을 부여하기 때문이다.

이때 무엇보다 눈길을 끄는 건 남편의 캐릭터다. 남편은 '나'와 현권에 비한다면 분명 주변부에 위치한 인물이다. 실제로 남편이 서사 전개의 흐름에 적극적으로 개입하는 대목은 거의 눈에 띄지 않는다. 그렇지만 이 작품에서 남편이 차지하는 무게감은 전혀 사소하지 않다. 남편이 '나'가 예민하게 의식하는 바깥의 타인을 지시하는 기능을 담당하기 때문이다. 이 소설은 '나'와 현권 사이의 닫힌 양자 관계가 아니라 '나'-현권-타자(남편)의 삼자 관계로 이루어져 있으며 이 트라이앵글 구조가 비로소 작품에 입체성을 부여한다. 남편은 '나'의 의사를 군말 없이 따르고 처남 현권에게는 "별거 아닌 말에도 크게 웃어주었고, 잘 들리지 않는 말은 다시 물어가며 과한 리액션을 덧붙"이는 등 '젠틀하게' 대하지만 기회가 생기자 현권을 관찰하고 평가한 결과를 재미난 흥밋거리인 듯 '나'에게 떠벌리는 인물이다. 그러고 보면 '나'가 현권을 자신의 약점처럼 느끼며 노심초사하게 되는 결정적인 이유도 남편 때문이며("네가 현권이 말을 혹시라도 오해할까봐 그러지") 현권과의 갈등이 폭발하는 대목에서도 여지없이 남편이 개입되어 있다("남이 널 어떻게 볼지 생각 좀 하고 살라고. 준 돈은 다 어디다 썼어. 어디다 쓰고 매형한테 담배를 사달래. 너 거지야?").

앞서 말했듯 남편의 존재는 화자와 현권 사이의 닫힌 양자 관계 외부에 있는 객관적인 타자의 존재를 환기한다. '나'와 현권 사이의 닫힌 관계에서라면 무람없이 넘어갈 법한 현권의 '모자람'이 남편이라는 외부 세계와 충돌하고 굴절되어 화자의 마음에 깊은 불안을 되먹임 하는 것이다. 만약 이 작품이 '나'와 현권 사이의 양자 관계로 시종했다면 끊임없이 불안해하고 초조해하는 '나'의 마음에 독자의 마음이 강하게 공명하기는 어려웠을 것이다. 김유나는 본디 무정하고 무관심하지만 틈이 생기면 언제든 치고 들어와 이런저런 평판을 늘어놓길 좋아하는 '세상의 이치'를, 누구보다 가깝지만 동시에 절대적인 타인인 남편을 통해 작품 내부에 설득력 있게 도입함으로써 서사의 표면에 새겨진 '나'의 마음이 놓인 불안정한 지반을 성공적으로 구축해낸다. 이를 통해 마음은 결코 어떤 단독자가 외부 세계에 맞서 고답적으로 축조한 내면의 성채 같은 것일 수 없으며 세계 및 타자와 끊임없이 충돌하고 교란되는 전장에 가깝다는 사실이 분명하게 드러난다.

독자의 마음에 파열을 일으키는 결정적인 대목이, 줄곧 선명하게 표현되어온 '나'의 마음이 아니라 서사의 표면 아래 잠겨 있던 현권의 마음으로부터 온다는 것도 주목할 점이다. 현권은 내내 뚜렷한 마음을 종잡을 수 없는 인물로 그려진다. 마음은 필연적으로 그것을 적절하게 숨기고 가장하는 의례적인 외피를 동반하기 마련인데 현권은 그와 같은 숨김에 매우 미숙한 인물이기 때문이다. 숨김과 가장의 의례는 일견 위선적인 겉치레처럼 보이지만 마음은 바로 그 '겉과 속이 다른' 불일치의 형식에 의해서만 내밀한 고유성을 인정받기 마련이다. 현권에게는 그런 불일치가 존재하지 않기에 타인에게 자신의 마음을 투명하게 전달하는 인물이라기보다 아예 마음이 없는 인물처럼 느껴지는 것이다. 하지만 비 내리는 날 우산을 들고 정문 앞에서 울면서 누나를 기다리던 어린 현권의 모습은 그가 결코 '마음 없는' 존재가 아님을 보여준다. 표면 아래 잠겨 있던 현권의 마음이 결말에 이르러 그 마음을 애써 모르는 척하며 억눌렀던 화자의 마음과 부딪치면서 긴 여운을 남기는 장면은 김유나가 인간의 마음을 소설적으로 구성해 구성하는 데 비범한 솜씨를 지닌 작가임을 드러낸다.

## 2. 견딤과 살림

김유나의 소설에는 막막한 현실을 견뎌내는 인물이 자주 등장한다. 「이름 없는 마음」의 '나'는 동생이라는 짐을 견디내고 있으며 현권 역시 자신을 어린아이 취급하며 끊임없이 삶에 개입하는 누나를 미안함과 지겨운 마음 사이를 오가며 견디내고 있다. 그렇지만 어리석을 정도로 우직하게 견디내는 데 이골이 나기로는 「랫풀다운」의 석용만 한 인물이 없어 보인다. 석용은 실업팀 역도 선수였다가 부상을 입고 은퇴한 후 바벨 메이트였던 승우형이 운영하던 피트니스 센터에서 트레이너로 일하는 인물이다. 하지만 승우형은 그에게 투자금 명목으로 빌린 6천만원은 물론 회원 120명의 선납 이용료까지 챙겨 잠적한 상태다. 졸지에 직장도, 돈도, 사람도 잃은 석용은 망해버린 현실을 견디내기 위해 할 수 있는 일이라곤 오직 그것밖에 없다는 듯 "하루 네끼 단백질 식단을 챙겨 먹"으며 근력운동에 매진한다. 작품 곳곳에 깨알처럼 박혀 있는 석용의 운동 루틴은 그의 성실함을 돋보이게 한다기보다 그가 삶의 위기를 타개할 다른 요령을 슬기롭게 찾지 못하는 우직한 인물이라는 점을 애처로운 동시에 유머러스하게 부각한다.

우연히 승우형의 본가가 제주도에 있다는 사실을 기억해낸 석용은 승우형의 자취를 쫓아 무작정 제주로 내려간다. 하지만 석용으로서는 이례적이라고 할 결기가 무색하게도 그는 별다른 소득을 얻지 못한다. 석용이 찾아간 초라한 집엔 승우형의 늙은 어머니가 홀로 살고 있었고, 석용은 승우형의 노모를 닦달하는 대신 그녀의 키보다 훌쩍 위에 걸린 빨랫줄을 그녀의 키에 맞게 내려 걸어주고 그대로 돌아 나오고 마는 것이다. 그건 승우형 어머니의 남루한 형편을 보고 거기서 그다지 쓸모 있는 것을 얻어낼 수 없다는 현실적인 계산 때문이라기보다 그것이 자신이 가져야 할 정당한 몫일지언정 타인을 그악스럽게 쥐어짜서 원하는 것을 얻어내기엔 스스로가 "한없이 물렁한 놈"이라는 오래된 사실을 깨닫게 되었기 때문일 것이다. 석용은 단단한 바위처럼 "열심히 버티는" 데엔 누구에게도 뒤지지 않지만 자신을 내리누르는 세계의 압력으로부터 "한 걸음 옮겨" 다른 삶을 열어내는 유연함까지는 그의 몫이 아니다.

「너 하는 그 일」에 등장하는 태은과 그녀의 엄마도 버티는 일에 관해서라면 석용 못지않게 일가견이 있는 인물이다. 태은의 엄마는 남편 김재성이 살아 있을 때는 그가 가하는 심각한 수준의 가정폭력을 견뎌냈고 남편이 죽고 난 뒤에는 재혼한 남편이 가하는 학대에 가까운 처우를 남모르게 참아낸다. 태은은 "생리통 때문에 앉아 있기조차 힘든 날에도 스톱워치에 순수 공부 시간 열한시간을 찍으며 수험 생활"을 버텨내고 있으며 시험이 끝나자마자 생활비를 벌기 위해 물류센터에서 종일 고된 노동을 견뎌내는 중이다. 설상가상으로 남편에게 쫓겨난 엄마가 태은의 자취방에 찾아들면서 태은은 원치 않게 시작된 엄마와의 동거 생활까지 감내해야 하는 처지가 된다.

이 작품은 서로 다른 자리에서 서로 다른 대상을 견뎌내며 살고 있던 두 모녀가 우연히 짧은 순간을 함께하면서 삶의 숨통을 틔우는 이야기다. 태은의 엄마는 태은의 비좁은 자취방에 들어오자마자 반찬을 만들고 쉰내 나는 세탁기를 청소하고 따뜻한 끼니를 차려주는 등 제대로 된 '살림'에 나선다("내가 지금 제일 하고 싶은 게 살림이다"). 흔히 '살림' 하면 자질구레한 집안일을 떠올리며 멸시하기 쉽지만 단어에 깃든 뜻을 따져보면 그것은 곧 '살리는 일'이나 다름없다(살림을 우습게 보는 남자의 말로에 대해서라면 「부부생활」의 구영수를 기억할 것). 그렇다면 '살림'은 인간을 비로소 인간답게 살게 만드는 필수불가결한 활동의 총체라고 할 수 있을 것이다. 요새는 이런 활동을 지시하기 위해 '돌봄'이라는 용어를 많이 사용하지만 우리에게 더 친숙한 '살림'이 그 본뜻을 보다 직관적으로 알아채게 하는 바가 있다. 혹은 돌봄의 핵심이 곧 '살림'이라고 말할 수도 있겠다. 그것은 물질적 수행의 차원은 물론이고 지치고 갈라진 마음을 일으켜 세우는 삶의 차원에서도 그러하다.

문제는 엄마의 '살림 욕구'를 충족시켜주기에 태은의 살림 규모가 너무 작다는 데 있다. '살림'의 손길이 갈 곳을 잃은 엄마는 곧 지루함과 답답함을 느끼고 태은을 졸라 그녀가 일하는 물류센터에 함께 출근하게 된다. 하지만 "끝이 보이지 않을 정도로 높게 쌓인 선반의 물건들과, 팔레트를 떠서 옮기는 지게차들, 놀이공원을 연상하게 하는 레일"로 가득 찬 물류센터는 엄마가 지배하던 '살림'의 영토와 대척점에 놓여 있는 세계다(실제로 물류센터는 수많은 부상과 죽음을 거느리고 있다). 디지털 기기를 능숙하게 다루지 못한 탓에 벌칙처럼 옮겨 간 중량품층에서 힘에 부친 노동을 하던 엄마는 결국 태은을 꼬드겨 함께 도망친다. 일을 시작하기 전에 의기양양하게 큰소리쳤던 걸 떠올려보면 엄마의 도망은 다소간 멋쩍은 구석이 있다. 그럼에도 그 도망을 비겁한 포기나 도피와 동일시할 수 없는 건, 그 도망이 "맞고 갇히고 쫓겨나는 와중에도 한번을 도망치지 않은 엄마"와 "엄마가 도망치자고 청할 것을 기다리면서 아무것도 하지 못했던" 태은에게 늘 필요했지만 시도조차 하지 못했던, 뒤늦게 찾아든 '살림'의 방편이기 때문일 것이다.

그와 같은 '살림'의 순간은 「랫풀다운」의 석용에게도 찾아온다. 석용은 스쿠버다이빙 강사인 백석을 따라 생애 첫 다이빙을 체험하면서 비로소 "긴장이 풀어지며 관절이 물의 일부가 된 듯 부드럽게 움직이는" 편안함을 느끼게 된다. 현실의 중력으로부터 빠져나와 수면 아래의 부력을 만끽하는 석용의 다이빙은 태은 모녀의 도망과 닮아 있다. 석용이 맛본 편안함은 이제까지 그를 강고하게 옭아매고 있던 루틴의 관성이 녹아내린 결과일 텐데 이를 통해 석용은 "무른 몸으로도 건강하게 사는 법"의 필요성을 절감하게 된다. 태은이 엄마와 감행하는 도망과 석용이 물속에서 체험하는 부드러운 이완은 삶의 압력에 정면으로 맞서 견디는 것이 전부가 아님을, 어느 일본 드라마의 제목처럼 '도망치는 것은 부끄럽지만 도움이 된다'는 것을 보여준다.

물론 작품집의 모든 인물이 이와 같은 도망과 도피를 감행하지는 않는다. 「물이 가는 곳」의 김기왕은 그런 식의 도망을 명백하게 거부하는 인물이다. 한때 유도 선수였다가 지금은 보험설계사로 일하고 있는 김기왕은 감언이설에 빠져 거액의 투자금을 날렸다는 점에서 석용과 비슷한 점이 있다. 하지만 자신의 '물렁함'을 선선히 수긍하고 그로부터 다른 삶의 가능성을 찾아나서는 석용과 달리 김기왕은 스스로에 대해 오만할 정도로 강한 믿음을 부여하는 인물이다("재테크에 매달렸을 때만 해도 나는 내가 성공할 거라고 굳게 믿었다. 왜냐하면, 나니까"). "엎어지고 메쳐진 지난날들"로부터 "매트 밖에서도 우아하게 상대를 조를 수 있는 비결"을 터득했다고 믿는 김기왕은 탐정사무소를 운영하며 불륜 커플의 사진을 찍어 협박으로 돈을 버는 용선배와 협력해 불륜을 저지른 기업 대표들에게 경영인 보험을 판매해 쏠쏠한 재미를 보고 있다.

김기왕은 자신에게 할당된 삶의 의무를 힘겹게 견뎌내고 있다는 점에서 작품집의 다른 인물과 공통점을 갖지만 타락한 세계의 복판에 뛰어들어 그 오물을 제 몸에 묻히는 걸 두려워하지 않는 강력한 생존에의 의지를 보여준다는 점에서 차별화된다. 물론 통제할 수 없을 정도로 흘러나오는 흥건한 땀은 김기왕이 시종 시도하는 스스로에 대한 과신과 자기합리화로도 미처 처리하지 못하는 죄책감의 잔여를 증거한다. 그렇지만 김기왕의 실패는 그런 죄책감이나 모멸감으로부터 오지 않는다. 그것은 김기왕이 죄책감과 모멸감을 감내하는 진정한 이유라고 할 수 있는 가족, 정확히는 딸 하윤으로부터 온다. 남성의 변태 행각을 지켜보는 대가로 돈을 버는 하윤의 '아르바이트'는 고객의 불륜 행각을 매개로 보험을 계약하는 김기왕의 행태와 자연스럽게 포개지면서 그가 택한 '비책'의 허위성을 적나라하게 폭로한다.

## 3. 유머의 승리

김기왕은 석용이나 태은(과 그녀의 어머니)처럼 우직하게 견디는 데 그치지 않고 나름의 비책으로 타락한 세계에 맞서지만 결국 패배하고 만다. 망연자실한 표정으로 절룩거리며 내리막을 걸어 내려가는 김기왕의 뒷모습에서 우리는 언뜻 허술해 보이는 이 세계가 그런 얕은 술책으로 이겨먹을 수 있을 만큼 만만한 곳이 아니라는 사실을 바로 보게 된다. 어떤 면에서 김유나의 소설에서는 세계의 강고함이랄까 우위성이 확고해서 그에 맞선 개인에게 허락된 것은 예정된 패배의 운명밖에 없는 듯 보이기도 한다.

그러나 김유나의 소설은 현실에서 번번이 패배하는 인물들로 가득 차 있음에도 결코 음울한 패배주의적 정조에 물들어 있지 않다. 오히려 거기에는 어떤 활기마저 맴도는데 김유나가 주로 입말을 통해 구사하는 유머는 그 활기를 축조하는 주된 요소라고 할 수 있다. 「랫풀다운」에서 석용의 엄마가 자기도 제주도에 데려가달라며 "너는 늙은 에미 어디 모시고 갈 생각은 안 하고 그저 돈 생기면 별의별 놈의 요상한 닭고기란 닭고기는 다 사다가 냉동실에 쟁여놓을 줄만 알지"라며 타박하는 대목이나(이 대목의 활달함은 화장실 문을 열고 소변을 보는 엄마의 디테일한 묘사에 의해 더욱 살아난다) 「물이 가는 곳」에서 말이 꼬여버린 김기왕의 뒷전에 대고 회사 사람들이 "인사하라고 저러는 거야?"라고 되묻는 대목은 김유나가 해학적인 요소를 통해 소설 안에 가득 찬 현실의 압력을 살포시 빼내는 대표적인 장면이다. 「너 하는 그 일」에서 처음에는 "손뼉을 치며 웃기 시작하는 엄마"를 "보톡스라도 맞"은 듯한 "굳은 얼굴"로 건너다보던 태은이 물류센터를 힘차게 도망나온 끝에 "웃음과 숨이 섞인 거친 소리"를 "스스로 제어할 수 없는 속도로 쏟아"내는 장면은 김유나 소설에서 웃음이 가벼운 해학이 아니라 절박한 생존의 압박과 그대로 맞닿아 있음을 인상적으로 보여준다.

유머는 사실을 건조하게 재현하는 것이 아니라 그 사실을 허구적으로 재창작하는 과정을 통해 발생한다는 사실을 떠올려보면 이는 소설적인 이야기를 흥미롭게 구축하는 김유나의 솜씨를 엿볼 수 있는 대목이기도 하다. 그 솜씨는 서사의 사실주의적인 얼개를 무표정하게 유지하면서도 그 안에 농담과도 같은 파열의 순간을 심어놓는 데서 잘 드러난다. 가령 「부부생활」의 경우에는 구영수를 중심으로 펼쳐지는 사실의 세계에 오진희가 주도하는 은행털이 장면이 농담처럼 삽입되어 있어서 이 소설을 한편의 블랙코미디처럼 느끼게 만든다. 이 블랙코미디의 서늘함은 “스스로의 판단력에 감탄하”며 “흔들리지 않고 똑바로 가는 인생”을 살던 구영수가 오진희라는 여인의 불투명한 매력에 빠져 “비논리적이고 괴상한 일”에 연루되는 불길함으로부터 온다. 그 은근한 불길함이 팽팽하게 살아 있는 동안에는 은행털이의 개연성을 사실주의적으로 따지는 일이 큰 의미를 지니지 못한다. 은행털이는 작가가 성실하게 구축한 사실적인 세계에 뚫어놓은 공백이자 비밀이어서 그 공백과 비밀을 배회하는 동안 비로소 사랑과 결합에 얽힌 광기가 보존된다. 김유나가 심어놓은 공백과 비밀은 「내가 그 밤에 대해 말하자면」에도 등장한다. 이 작품 역시 사실주의적인 기율에 따라 진행되는 가운데 '나'가 본 헛간 속의 환영이 신비체험처럼 삽입되어 있다. 그 환영은 이성적으로 해명하기 어렵다는 점에서 사실의 논리와 대립하는 이야기의 매력을 환기한다. 김유나의 소설이 현실에 대한 사실적 재현에 만족하지 않고 그 사실의 세계를 일시적으로나마 뒤흔들고 타격할 수 있는 소설적 순간의 창조를 겨냥한다는 점이 드러나는 대목이다.

물론 유머와 환상이 현실을 바꿀 수는 없다. 유머가 겨냥하는 건 현실의 변화가 아니라 현실에 부딪친 인간이 취하는 굴절된 반응이기 때문이다. 하지만 그 굴절된 반응 역시 엄연한 물질적 실체를 지니고 있다. 웃음 이후의 세계는 웃음 이전과 아무것도 달라진 것이 없는 듯 보일 때조차 우리에게 그 전보다 견딜 만한 것으로 다가온다. 웃음은 본질적으로 인류의 유년시절에 속한 것이어서 아무리 낯설고 지독한 대상이라도 그것을 통과하면 노스탤지어의 대상으로 전환되기 때문이다. 그러므로 유머의 승리는 현실에 대한 승리가 아니라 그 현실을 웃음을 통해 다른 방식으로 대면하게 된 사람에게 허락된 승리다. 김유나의 첫 소설집은 개인에게 패배를 강요하는 세계를 힘겹게 버티는 주체의 운명을 유머로 감싸면서 그 세계를 견디는 다양한 마음을 돋을새김한다. 시간이 흘러 더욱 무르익을 것이고, 승리의 순간도 그만큼 자주 찾아올 것이다.

韓永仁 | 문학평론가

## | 작가의 말 |

여기 실린 소설들을 쓸 때 저는 이런 생각을 자주 했습니다.

'도대체 인간은 강인한 거야 나약한 거야……'

자주 떠올린 공간도 있습니다. 출근길 지하철 2호선 환승역 계단입니다.

저는 인파에 밀려 딱 한 계단씩 규칙적인 리듬으로 내려갈 수밖에 없는 사람들의 정수리를 보며 아주 많은 생각을 했습니다. 생각이란 매번 변하지만 소설 속 인물들을 이들 중 하나로 그리자는 마음은 늘 새깁니다. 가령 주말에 들키고 싶지 않은 진실 하나가 생겨버린 사람. 그럼에도 월요일 출근길에 오른 사람. 인파에 밀려 세상의 속도로 계단을 내려가야만 하는 사람.

쓰다보니 저에게 소설을 쓰는 일은 사람을 대하는 일

인 것 같다는 생각이 듭니다. 뜨끈한 불 앞에 사람이 모이듯이 이야기 근처에 사람이 모이고, 저는 그게 늘 그립고 좋아서 계속 소설을 쓰는 것 같습니다.

안에 실린 소설은 분명 제가 썼는데, 책이 되어 나오는 시점부터는 제 것이 아닌 느낌이 듭니다. 왜 그럴까 생각해보니, 생각할 것도 없이 책이란 저 혼자 만드는 것이 아니기 때문이었습니다. 우선은 편집자 김가희 선생님. 아직 뵌 적이 없지만, 또 약간은 난데없지만, 교정지를 보는 내내 수맥탐지봉을 든 채 원고 사이를 거니는 선생님의 모습이 떠올랐습니다. 작가의 눈엔 보이지 않는 서사의 수맥을 탐지하여 '여기다' 하고 정확히 짚어주신 덕분에 소설이 좋은 자리에 편히 안착할 수 있게 되었습니다.

남편 좁쌀영감은 타자 소리가 멎은 김유나의 닫힌 방문 너머로 낄낄대는 웃음소리가 흘러나올 때가 가장 무서운 순간이라고 했습니다. 영화 「샤이닝」이 자신에겐 리얼리즘 공포물이라며 장편은 쓰지 말아달라 청하기도 했습니다. 공포심을 주어 미안하고, 이번 겨울 저는 장편을 쓸 계획임을 전합니다.

존경이란 받는 사람보다 품는 사람에게 더 큰 선물임

을 알려주신 윤성희 선생님, 해설을 써주신 한영인 선생님, 눈물의 통화를 나누고 기쁨의 케이크를 자른 동료들, 쓰기의 열정을 되돌려준 월피예술도서관의 수강생들과 소설이라는 고요한 희열을 포기하지 않는 독자분들께, 사랑을 보냅니다.

2026년 1월

김유나 올림

| 수록작품 발표지면 |

이름 없는 마음 … 『창작과비평』 2020년 가을호

랫풀다운 … 『창작과비평』 2021년 여름호

너 하는 그 일 … 『자음과모음』 2022년 봄호

으름 씨 뱉기 … 주간 문학동네 2024년 4월호

부부생활 … 『애매한 사이』(읻다 2024)

물이 가는 곳 … 『창작과비평』 2025년 봄호

내가 그 밤에 대해 말하자면 … 『무트로』 2021년 1월호

# 믿을 수 있을 만큼의 진실

초판 1쇄 발행 • 2026년 1월 30일

지은이 / 김유나
펴낸이 / 염종선
책임편집 / 김가희
조판 / 황숙화
펴낸곳 / (주)창비
등록 / 1986년 8월 5일 제85호
주소 / 10881 경기도 파주시 회동길 184
전화 / 031-955-3333
팩시밀리 / 영업 031-955-3399 · 편집 031-955-3400
홈페이지 / www.changbi.com
전자우편 / lit@changbi.com


ISBN 978-89-364-3990-3 03810